光文社文庫

長編推理小説

日光殺人事件

〈浅見光彦×歴史ロマン〉SELECTION

内田康夫

KOBUNSHA

光文社

目次

プロローグ

春日一行《かすがいっこう》が妙な話を持ち込んできたのは、十一月の初め頃のことである。

「浅見《あさみ》さん、天海僧正《てんかいそうじょう》が明智光秀《あけちみつひで》だっていう話、知ってた?」

電話をかけて寄越《よこ》して、挨拶《あいさつ》も抜きに、いきなり言った。

「天海僧正って、あの徳川家康《とくがわいえやす》の懐刀《ふところがたな》といわれた人物のこと?」

「そう、その天海。のちに慈眼大師《じげんだいし》といわれた男だ」

春日にかかると、いかなる偉人も英雄も有名人も「男」か「女」に分類される。

春日は『旅と歴史』という雑誌の編集を長いことやっている。「カスガ イッコウ」という名前は、音で表示すると某政党の元党首と同じだから、よく間違われることがあるそうだ。若いくせに、電話で聞くとダミ声までそっくりなのがおかしい。

「天海僧正の名前ぐらいは知っているけど、天海が明智光秀だなんて、そんな話、聞いたことがありませんよ」

浅見はまた春日のハッタリが始まったと、いささかうんざりしながら言った。

「でしょう。知らないよね、そんなこと。だから面白い。ウケますよ、この話は。じゃあ、早速やってくれる？」

「やるって、何を？」

「やだなあ。決まってるでしょ、ルポ、書いてちょうだいよ」

「天海僧正の？」

「そうですよ、天海が光秀だっていうの。これを立証するドキュメンタリータッチの読み物にしてもらいたいなあ。枚数制限は……そうだな、当面、制限はなしっていうことにしておこうか。場合によったら連載でさ、あとで単行本にしてもいいじゃない。原稿料は安いけど、印税となると結構、いい額になるよ。取材費は立て替えておいてよ」

「ちょっと、ちょっと待ってくれませんか」

浅見は悲鳴のような声を出した。

「そんなに勝手に言うけど、僕のほうの事情も考えてもらわないと」

「事情って？　あ、だめなの？　忙しいの？　残念だなあ……じゃあ他のやつに頼むか。浅見さんにピッタリの企画だと思ったんだけどなあ」

「いや、忙しくなんかはないですよ」

「でしょう? だと思ったから電話したんだよね」

「いや、いまはたまたま手空《てす》きだっていうことで、年中ひまってわけじゃないですよ。しかしねえ、天海僧正なんて、名前を知っているだけで、まったく知識がないからなあ」

「知ってたじゃない、徳川家康の懐刀だっていうこと」

「そりゃね、いくら僕でも、その程度は知ってますよ。しかし、ほかはまったく知りませんよ」

「なに、その程度でも知っていれば、いまどき、すごい博学よ。とにかくね、天海についての資料、送るから、見て取材して書いてくださいよ」

「だけど、天海が光秀だなんて、どうやって立証すればいいんです?」

「それは浅見さんに任せます。弁証法でも帰納法でも演繹法《えんえきほう》でも何でもいいから、適当にやってください。じゃ、頼みますよ。締切りは第一回目を今月末。とりあえず五十枚でスタートしましょうや」

言うだけ言うと、また挨拶も抜きで、ガチャンと電話を切った。

「まったく、勝手なゴタクばかり並べやがって……」

浅見は捨て台詞《ぜりふ》のように言って、負けずにガチャリと受話器を置いた。

「光彦《みつひこ》さん」

とたんに、背後から雪江《ゆきえ》未亡人の叱咤《しった》が飛んだ。

「なんですか、その言葉は」

浅見は首を竦《すく》めてから、振り返った。不覚にも、いつのまにか母親がきているのに、まったく気付かなかった。

「かりにもあなた、お仕事を頂戴《ちょうだい》している出版社の方でしょう。そのお方に対して、なんという口のきき方ですか」

「いえ、電話を切ったあとですから……」

「切ったからいいというものではないでしょう。問題は精神です。お仕事を賜《たまわ》る方に対して、日頃から感謝の気持ちが欠如していることが、ついつい、そういう下品きわまる言葉を言わせるのです」

そんなオーバーな——と思うが、居候《いそうろう》の身分としては反論など許されるものではない。

「しかしですね、お母さん、春日さんはいつも一方的に仕事を命令するのです」

「結構ではありませんか。つまりは、それだけあなたの能力を信じてくださっていることの証拠でしょう。感謝なさい、感謝を」

「はあ、それはありがたいと思わないわけではありませんが。しかし、僕にも得手不得手《えてふえ》《て》というのがありまして、天海僧正なんて、まったく知識のない材料を与えられても、ただ当惑するばかりなのです」

「天海僧正なら有名なお方ではありませんか。知識がないなんて、そのことのほうを恥じるべきです。知らなければお調べなさい。お手当てを戴《いただ》きながら勉強できるなどとは、この上ない幸せと思わなければならないはずです」

「はあ……」

ごもっとも——というのほかはない。

浅見は仕方なく「天海僧正」の勉強から始める羽目になった。

ところが、始めてみるとこれが結構、面白い。天海僧正なる人物は、確かに謎《なぞ》に満ちたというより、謎そのもののような人物なのであった。

『人名事典』(福音館《ふくいんかん》小辞典文庫)によると、天海僧正はつぎのような人物として紹介されている。

一五三六〜一六四三年　江戸期の天台《てんだい》僧。陸奥《むつ》(福島県)会津《あいづ》の出身。比叡山《ひえいざん》で天台宗の奥義《おうぎ》を究《きわ》め、また周易《しゅうえき》にも通じた。徳川家康、秀忠《ひでただ》、家光《いえみつ》の帰依《きえ》を受け、幕政にもあずかった。
一六一六年　大僧正《だいそうじょう》に任ぜられ、日光山《にっこうさん》の造営、東叡山寛永寺《とうえいざんかんえいじ》の開創、比叡山の復興に尽力した。
一六三七年　「大蔵経《だいぞう》（天海版）」の校刻を始めた。
一六四八年　慈眼大師の名を諡《おく》られた。

また『日本史小事典』（福音館）にはつぎのようなことが書いてある。

俗姓三浦《みうら》氏。十一歳で仏門に入り、延暦寺《えんりやくじ》、興福寺《こうふくじ》などで諸宗を学び、足利《あしかが》学校で儒学《じゆがく》を修めた。
一六〇〇年　関《せき》が原《はら》合戦に際して、徳川家康に信任される機会を摑《つか》み、のち日光山を授けられ、一六一六年　家康の死後、その神号を請い、遺体を日光に移して廟《びょう》の経営につとめた。
一六二五年　家光から寛永寺を与えられ、三九年の落成とともに開基となった。

同じ出版社が出した事典でも、こんな具合に相違点がいくつかある。

『日本宗教事典』（弘文堂）にも、ほぼ上記と同様のことが書かれているが、それにつけ加えて、〔慈恵《じえ》大師とともに「両大師」と称される〕ともある。

ところで、天海僧正の生年と没年に注目してもらいたい。なんと、天海は百七歳まで生きたことになっているのだ。

現在でこそ百歳以上の長寿者は珍しくなくなったが、平均寿命が三十代といわれた当時のこととしては、天海僧正の長命はまさに驚嘆に値する。こう考えてくると、天海僧正の事蹟《じせき》については、信憑性《しんぴょうせい》がかなり疑わしいといってもよさそうだ。

しかも、明智光秀の生まれた年というのもかなり曖昧《あいまい》で、春日一行の言っていた「天海・光秀同一人物説」の根拠は、どうやらこの辺《あた》りにありそうだ。そして、調べていくうちに、天海僧正にしても明智光秀にしても、生涯の中で曖昧な部分があることが分かってきた。

その曖昧さは、天海の場合は生まれてから成人するまでのあいだ。そして、光秀に関しては、死没の周辺がかなり怪しい。

天海僧正の生まれは、大抵の資料に共通して福島県会津の出身となっているけれど、前述の『日本史小事典』では、その出自《しゅつじ》を「三浦氏」としてあるのに対して、『世界人名辞典』（東京堂出版）では、〈蘆名《あしな》氏の出身で会津の高田郷に生まれた。幼名は随風〉となっている。要するに、若い頃の経歴はあとで適当にデッチ上げたと考えてもいい程度のものなのであった。

最初はまるでやる気のなかった浅見が、三日も経《た》たないうちに、すっかり「天海僧正」のとりこになってしまった。途中の経過を報告するために、春日のところへ出掛けた浅見は、つい興奮した口調で喋《しゃべ》っていたようだ。

「でしょう。だから言ったじゃない」

春日は大いに満足げであった。

「だいたい、光秀の最期だって、史実なんかぜんぜんいいかげんなものだからね」

そのとおりなのであった。

明智光秀は山崎《やまざき》の合戦で羽柴秀吉《はしばひでよし》の連合軍に敗れ、逃げる途中、小栗栖《おぐるす》の土民によって殺されたことになってはいる。しかしそれを立証する根拠たるや、はなはだいいかげんなものらしい。

「だいたい、明智光秀ともあろう者がだよ、たかが土民ごときの手にかかるようなヘマをするはずがないよね。光秀は窮地を逃れて、いったんは陸奥へ隠れたのだな」

春日は断言した。浅見もそうだそうだ――という気に、すぐになった。「光秀」とるのかもしれない。

「光彦」との字面《じづら》が似ているところも、浅見が光秀に同情する潜在的な要因になってい
「それとさ、本能寺の変の際に、光秀は家康の一行を無事に逃げ延びさせただろう。あれだって、おかしな話なんだよね」

春日は、さらに熱弁をふるう。

「さらにきわめつけは春日局《かすがのつぼね》だな」

「春日局？」

さすがに、浅見は「春日」の名前が出たのには驚きもし、一瞬、抵抗を感じた。またぞろ、春日一流の我田引水《がでんいんすい》を聞かされるのかと警戒した。

「そうだ、春日局だ。知ってるでしょう、春日局は？」

「ええと、たしか、将軍家光を補佐した大奥の女傑でしたっけ」

「そうそう、その春日局というのは、明智光秀の謀将として有名な、斎藤内蔵助利三《さいとうくらのすけとしみつ》の娘なんだよね」

「えっ？　ほんとですか？」

「なんだ、浅見さん、知らなかったの？」

春日はちょっと優越感に浸《ひた》った様子で、話を続けた。

「とにかくさ、そういう人物を将軍家のまん真ん中に入れるというのは、これはもう只《ただ》事《ごと》じゃないよね。しかし、明智光秀が徳川家と結んで豊臣を倒したというストーリーが背景にあれば、ぜんぜん不思議でも何でもない。まあ、秀吉が生きているあいだは、光秀を隠しておく必要があったから、坊主の格好《かっこう》をしていて、その後もずっと僧形《そうぎょう》のまま、徳川三代の陰の参謀を務めることになったわけだけど、光秀のあの悪魔的ともいえる陰湿な才知は、そのまま天海僧正の行政手腕に発揮されているといっていいだろうね」

浅見は春日の熱弁に反論するどころか、ただただ感心するばかりだった。

「そこまで春日さんが知っているなら、僕のすることは何もないじゃないですか」

「ん?……」

春日は浅見のひと言に、ふとわれに返ったような、醒《さ》めた目になった。

「ああ、そりゃね、こういう理論は私だって知っているのよ。だけどさ、これだけじゃルポにならないじゃん。なんたって現地取材が肝心なのよ。だから日光へ飛んでくれっていうの。日光見ずに結構と言うなかれっていうじゃない」

冗談を言ってから、春日は急に声をひそめて、浅見の耳元に口を寄せた。

「じつはね、これはもし事実だとすると特ダネものなんだけどさ。明智の末裔《まつえい》があの辺りにいるっていう仮説を聞いたのよ」

「えっ？　ほんとですか？」

「大きな声を出さない」

春日は周囲を見回した。さして広くもない編集部には、事務の女性が一人いるだけで、ガランとしたものだ。

「日光の奥に智秋《ちあき》牧場というのがある。智恵の智という字に春秋の秋と書く。それがね、明智の末裔ではないかというのだな」

「ほんとですかねえ」

「だからさ、ほんとか嘘《うそ》か、調べてみてよ。ただね、『智秋』を引っ繰り返すとどうなると思う？」

「引っ繰り返すと『秋智』……あっ、明智に通じるというわけですか」

「そう」

春日は得意気な微笑を浮かべて頷《うなず》いた。

第一章　牧場のお嬢さん

1

　金精峠《こんせい》がチェーン規制だったという話を、今市《いまいち》からやってきたスーパーマーケットの運転手が、場長の添田兼雄《そえだかねお》にしている。耳障《みみざわ》りな甲高《かんだか》い声は、朝子《あさこ》が階下のリビングルームのドアを開けたときから聞こえてきた。

「ゆんべは冷え込みましたからねえ。あとひと月もしないうちに、通行止めってことになるかもしれませんよ」

「そうだな。そうしたら、沼田《ぬまた》の店から品物を買うことにするさ」

「そんな、必要な品はいまのうちに仕入れておいてくださいよ。纏《まと》まれば安くしときますから」

「あははは、分かってるよ」

添田は笑いながら、いくつかの品物を注文した。長い冬を越すには、それなりの準備が必要だ。

「そうそう、けさがた、華厳《けごん》の滝《たき》で人が死んだとかいう話でした」

運転手は思い出したように言った。

「ふーん、久し振りだな。男か女か？」

「さあ、そこまでは確かめませんでしたが、警察の車が何台も、いろは坂で追い越して行きました。野次馬根性でちょっと覗《のぞ》いてみたんですがね。引き上げるまで、時間がかかりそうだし、急いでましたから」

運転手はそう言って、「帰りに寄ってみます」とつけ加えて帰っていった。

そういう気配を聞いて、しばらく間をおいてから、朝子はドアひとつ隔《へだ》てた事務所に顔を出した。

「あ、おはようございます」

添田はきちんと靴の踵《かかと》を揃《そろ》えてお辞儀をした。まだ四十代半《なか》ばで、もちろん戦後の自由な教育しか受けていないのだが、添田は何かにつけて旧弊《きゅうへい》だ。まるで軍国主義の時代に生まれた人間を思わせる。牧童たちにも礼儀についてはことさら煩《うるさ》く言う。その代わり、自分はそれ以上に古風な礼節を守り通す。

「金精峠がもうチェーン規制ですって？」

「はあ、そんなことをいってました。しかし昼になれば溶けるでしょう」

「もう冬がくるのねえ……」

朝子は窓辺に寄って、ガラスに息を吹きかけた。パッと広がった鉛色の曇りが、ゆっくり消えてゆく。すっかり黄色くなった牧草地の遠くに四、五頭の馬とそれを走らせる牧童たちの姿が見えた。その向こうのブナやナラの林も葉を落として、モミやスギの常緑樹だけが、侘《わび》しげに点々と残っている。

「お嬢さまは、いつ東京へお帰りになりますか？」

「帰らないつもりよ、この冬は」

朝子は目を窓の外に向けたまま、答えた。

「え？　それはいけません」

添田は眉《まゆ》をひそめて言った。

「社長から、一刻も早くお嬢さまをお帰しするよう、きつく言われているのですから」

「パパはパパ、私は私よ。もう子供じゃないのだし。あなたが気に病むことはないわ」

「そうはいきません。自分が叱《しか》られます」

「叱らないように、パパには私から言っておきます。それに、お祖父《じい》さまのことだって心配だし……そのことについては、パパはいったいどう考えているのかなあ？」

「それはもちろん、社長だってご心配なさっておいででしょうが。しかし、会長には公《こう》三《ぞう》様のご一家が付いていらっしゃいます」

「だから、かえってそのことが心配なはずでしょう。パパは呑気《のんき》だから、そういうこと、ちっとも分かっていないのよ」

「はあ……」

そういう、智秋一族内の確執に関わることになると、さすがに添田も沈黙しないわけにはいかない。

智秋一族の中興の祖ともいうべき、『智秋株式会社』三代目社長で現在は会長である智秋友康《ともやす》が、ここ一ヵ月あまり、病床に臥《ふ》したままになっていた。

奥日光・菱沼《ひしぬま》のほとりにある菱沼温泉ホテルの旧館をその病気療養の場にあてている。

菱沼温泉ホテルも智秋株式会社グループの傘下《さんか》にある。春、雪が溶けてから冬がくるまでのあいだだけ、菱沼温泉ホテルは営業されるのだが、今年はどうやら冬になっても、旧館だけは、何人かの従業員を残しておくことになりそうだ。場合によっては、医者と看護婦の二人ぐらいは雇っておく必要もあるかもしれない。

あからさまに口には出さないけれど、この冬を越せるかどうか——と、智秋一族の誰もが思っている。友康の病状はそこまで悪化していた。

問題は友康亡きあとのことである。

智秋グループの膨大な資産はいったいどうなるのか、友康会長がどういう指針を残して逝《ゆ》くつもりなのか、まだ誰も知らない。顧問弁護士の武田《たけだ》がつきっきりで、いつでも遺言書を書ける状態にしてあるのだが、友康はいまだに遺言のペンを取ろうとしない。かといって、友康が自分の死期の近いことに、まるで気付いてないかというと、決してそうではないのだ。

朝子が見舞いに行ったとき、眠っているとばかり思っていた友康が、ふいに「おまえの花嫁姿を見ないで逝ってしまうのが残念でならんよ」と、はっきり言った。

「やあねえ、そんな……」

心細いことを言わないで——と言うつもりが、あとの言葉を口に出せないで、朝子は涙ぐんだ。

それきり、会話は途絶《とだ》えた。友康は元どおりに目をつむって、安らかな寝息をたてていた。だから、ひょっとすると、あれは友康の寝言かうわごとだったのではないかと、朝子は思ったりもするのだ。

友康の三男である公三が菱沼温泉ホテルに居座ったまま、すでに半月を経過した。智秋株式会社の常務取締役でありながら、東京本社はほったらかしだ。

公三の狙《ねら》いはいうまでもなく、自分に有利な遺書を友康に書かせることである。妻の房子《ふさこ》と交代で友康を見舞っては、何くれとなく面倒をみようとする。いってみれば、善意と親切の押し売りだ。

それが分かるだけに、朝子には父のお人好しが歯痒《はがゆ》くてならない。父の友忠《ともただ》は友康が築き上げた智秋グループの組織を、守り通すことだけで精根を使い果たしているように思える。

——そのうちに、智秋グループは公三さんに全部乗っ取られてしまうのではないか——という噂《うわさ》が、どこからともなく聞こえてくる。智秋牧場のある群馬県利根《とね》村では、もっぱらの評判だそうだ。

利根村には智秋姓が多い。ひとつの集落の半分以上が「智秋」である場所もあるほどだ。しかし、どういうわけか朝子の智秋一族とは、まったく血の繋《つな》がりがないといわれる。その家々がなぜ「智秋」姓なのか、かなり過去を遡《さかのぼ》ってみても、解明できない。

その中で、いわゆる智秋一族のみが、ずば抜けて資産家であった。金精峠から西の山林のほとんどを、某製紙会社と二分して所有している。

智秋グループは、智秋株式会社を中枢《ちゅうすう》として、不動産業から貸しビル、レジャー施設、金融、運輸等々、いろいろな分野に展開しているが、その母体となったのは、智秋牧場を含む、広大な不動産である。

智秋牧場は昭和の初期から、競走馬の育成と繁殖を手がけてきた。もっとも、最近は新興の牧場《ファーム》に押されて、それほど傑出した馬は出していない。たとえば、この近くには、三冠馬〝ミスターシービー〟等を出した牧場もあるが、それと比較すると、どこかノンビリした気風の漂う、よくいえば大らか、悪くいえばあまり期待の持てないイメージが定着している。

しかし、今年にかぎっていえば、朝子の名を冠した六歳の牝馬《ひんば》「アサコクイーン」が特別で二勝するなど、智秋牧場の産駒《さんく》が活躍した。三歳馬の「アサコヒカリ」も朝日杯三歳ステークスには間に合わなかったが、血統のいいマイラーとして、来年の桜花賞での活躍が期待されている。

その馬たちはすでに美浦《みほ》のトレーニングセンターにいる。時には馬の様子を見に行ってやりたいこともあるのだが、朝子は当分のあいだ、ここを離れるわけにいかないと思っていた。

現在、智秋牧場には繁殖用の牝馬が四頭と、種馬が一頭。それに二歳馬が三頭と当歳馬が二頭いる。二歳馬はすべて馬主からの預かりの状態であった。

じつをいうと、牧場にとって、この預かりの状態がもっともケアフルなのだ。サラブレッドは本能的に競走するように生まれついているだけに、ちょっとした拍子《ひようし》に、たとえば蹴りを他の馬が駆け抜けただけで、負けじとばかりに疾走《しつそう》しはじめる。まだ体が完全に仕上がっていない状態で、無茶くちゃなスピードで走るから、骨折事故も起こりうるし、ときには、それが原因で死亡することだってある。

その場合の後始末が大変だ。といっても、馬主に対する補償問題はほとんど大きなトラブルにはならない。競馬界では馬の事故に対する対応の仕方には、慣例のようなものがあって、法的な責任問題や補償問題に発展することはないのである。馬主は自分の持ち馬を牧場に預ける際、すべてを委任するという意味あいの契約書を手交する。したがって、たとえ何千万円の馬が死んでも、早い話、泣き寝入りということになる。

そうはいうものの、牧場の信用問題という点では大きな汚点を残すわけで、道義的、精神的な負担の重さは決して軽くはない。

事故は冬に起こりやすい。人間の場合もそうだが、馬も筋肉が温まっていない状態で過度な運動をすれば、体を傷《いた》めることが多いのはまったく同じだ。そしてサラブレッドは精密機械のようにデリケートにできているだけに、その危険性が常に付きまとう。

添田をはじめ、馬を管理する牧童たちは、まるで冬の空気そのもののように、神経をピリピリさせている。

そういう中に「お嬢さま」が滞在しつづけているのは、彼らにとっては、正直、気の重いことにちがいない。それに、お嬢さまといえども女性は女性である。しかも朝子は若くて美しく、かつ気高い。届かぬ想《おも》いだとは分かっていても、憧《あこが》れを抱く若者だって少なくないのだ。

一日も早くお帰りを――と願う添田の気持ちには、そういうことに対する危惧《きぐ》の念も籠《こ》められていた。

「ユキに乗ってくるわ」

朝子は添田の思惑など、まるで知らぬげに外へ出ていった。

ユキは朝子がお気に入りの牝馬である。ことし十二歳。現役の頃は〝葦毛《あしげ》の女王〟などといわれたが、引退して六年目のいまは全身が白い毛に被《おお》われ、朝子の乗馬として、穏やかな余生を送っている。

朝子の乗馬服姿は絵のように美しい――という評判だった。黒の長靴《ちようか》から伸びる、長くてしかもほどよく丸みをおびた脚。白のトレーナー、白のジョパーズ。赤いチョッキに黒い乗馬服、黒い帽子をつけた朝子が、ユキの名のとおりの白馬に跨《また》がって、牧場を疾駆《しっく》する姿は、本場イギリスの貴族令嬢を彷彿《ほうふつ》させた。これでは添田が気を揉《も》むのも無理がない。

「何か悪いことが起きなきゃいいが……」

朝子の後ろ姿を見送りながら、添田は吐息を洩《も》らした。

2

華厳の滝周辺の売店には、藤村操《ふじむらみさお》の肖像と華厳の滝、それに「巌頭之感《がんとうのかん》」の原文をひとまとめにした、キャビネ判程度の写真を売っている。黄色く変色した写真をそのまま印刷したものだが、一枚百円。よほどの物好きでもなければ買う気の起きそうにない代物《しろもの》だ。

だいたい、いまどき「藤村操」という名前を聞いても、四十歳代以下では、知っている人は、ほとんど皆無《かいむ》に近いだろう。

若いギャルなんかには、まちがいなく「だれ、それ？　タレント？」などと訊《き》かれるに決まっている。

まして「巌頭之感」だなどといったところで、チンプンカンプンにちがいない。

しかし、この二つの名詞は日光・中禅寺湖《ちゅうぜんじこ》の歴史とは、切っても切れない重要なものなのである。

明治三十六年五月、第一高等学校生徒、藤村操は「巌頭之感」という辞世の詩を大木の幹に書いて、華厳の滝に身を投げた。まだ十八歳の若さであった。

巌頭之感

悠々たる哉天壌《かなてんじょう》、遼々《りょうりょう》たる哉古今、五尺の小軀《しょうく》を以て此《この》大をはからむとす。ホレーショの哲学、竟《つい》に何等のオーソリチィーを価するものぞ。万有の真相は唯《た》だ一言にして悉《つく》す。曰《いわ》く「不可解」。我この恨《うらみ》を懐《いだ》いて煩悶《はんもん》終《つい》に死を決するに至る。既に巌頭に立つに及んで胸中何等の不安あるなし。始めて知る、大なる悲観は、大なる楽観に一致するを。

これが「巌頭之感」の全文である。のちに「人生不可解」という名文句で語り伝えられることになった。十八歳といえば、高校三年生かそこらである。現代の若者と比較しても意味がないことかもしれないけれど、公平に見て、どうも昔の人のほうが偉かったような気がする。

この藤村操が、記録に残る「華厳の滝自殺者」の第一号で、以来、華厳の滝は、熱海《あたみ》錦《にしき》ヶ浦《うら》や三原山《みはらやま》とともに、自殺の名所として名を馳《は》せることになる。

明治、大正、昭和のはじめ頃にかけて、こんなザレ歌が流行《はや》った。

日光の華厳の滝の中までも
トコ　いとやせぬ　かまやせぬ
華厳の滝はまだおろか
三原山　逆《さか》まく煙の中までも
トコ　いとやせぬ　かまやせぬ

この歌にはもちろん「恋しいあなたのためならば」という意図が籠められている。それにしても、まるで自殺奨励の応援歌みたいだが、事実、華厳の滝で自殺した人の数はかなりのものがあるらしい。正確な数字を記すのは差し障《さわ》りがあるのでやめるけれど、現在でも飛び込み自殺はあとを絶たない。

観瀑台《かんばくだい》の売店に、かれこれ二十年近くも勤めている小沢良子《おざわりようこ》が、この朝、「自殺者」を目撃したのは偶然のことであった。

良子はいろは坂を下ったところにある集落に生まれ育ち、結婚してからしばらく経って、観瀑台の売店に勤めるようになった。

もともと観瀑台は、滝壺《たきつぼ》を見下ろす崖《がけ》の上にだけあったのだが、昭和五年にエレベーターができて、百メートル下の谷底まで簡単に行けるようになった。そこに二層の観瀑台と売店の支店ができた。以来、良子はその売店の責任者になっている。

良子が華厳の滝の自殺事件に遭遇した回数は、オーバーな言い方をすれば、もう数えきれないほどである。

華厳の滝での自殺方法は二通りある。一つは滝の真上から、滝の流れそのものに飛び込んでしまうタイプ。もう一つは上の観瀑台の手すりを越えて、崖下に飛び込むタイプである。かの藤村操は前者のほうだが、最近は滝の上まで行く者はごく少なくなった。理由は、そこまで辿《たど》り着くためには、猛烈なブッシュを掻《か》き分け掻き分けして行かなければならないからである。

その点、上の観瀑台からの飛び込みは安直で楽（?）だ。

どっちにしても、飛び込んだら最後、絶対に助からない。何しろ百メートルほどの落差がある。助からないどころか、下手をすると死体が発見されない可能性だってあるのだから、死後、ねんごろに弔《とむら》ってもらいたいと願うひとは、なるべく華厳の滝は避けたほうがよろしい。

それに、上の観瀑台の下は火山性の柱状節理《ちゅうじょうせつり》のような崖が、オーバーハング状にせり出しているために、下の観瀑台からでも死角になっていて、自殺したこと自体、気付かれないままになってしまうケースがある。ずっと後になって、ほかの自殺者を搬出するために、警察のレスキュー隊員が崖を下りて、偶然、すっかり白骨化してしまった死体を発見するというケースが少なくないのだ。

せっかく自殺したのに、誰にも気がついてもらえないのでは、これほど無意味なパフォーマンスもないわけだから、こっちのほうもあまりお薦《すす》めできない。

この朝、小沢良子はいつもより一時間早く売店に出た。それは前日、帰り際にシャッターの鍵《かぎ》を掛け忘れたような気がしてならなかったからである。一日ぐらい鍵を掛けなかったからといって、百メートルの谷底まで下りて、盗みを働くような物好きはいないとは思うものの、妙に気になった。夜中にふとそのことに気がついてから、ずっと気にかかって、ひと晩中、まんじりともできなかったのである。

というわけで、朝八時に観瀑台に着いた。エレベーター係の青年が呆《あき》れ顔をしながらも、機械を動かしてくれた。

案の定、シャッターにはロックがされてなかった。といっても盗まれたものは何もなかったのだが、良子は自分の記憶力の確かさに満足し、それ以前にもの忘れの徴候が現われはじめていることは無視した。

シャッターを引き上げ、ついでに掃除を始めようとして、何気なく見上げた視線の先に、落下してくる人間の姿が見えた。

「やったーっ……」

良子は思わず叫んでいた。

一瞬のことだが、服装から見て、自殺者は男らしいと思った。かなり勇気のある人物とみえ、両手を左右に広げ、まるで飛行機遊びをする少年のようなポーズで、みごとな放物線を描いて落下していった。

あのぶんだと、滝壺まで届いたかもしれない——と良子は思った。そういう思いきった飛び方でなく、オズオズという感じで落ちると、滝壺の手前の岩に叩《たた》きつけられる場合が多い。それだと遺体は惨憺《さんたん》たる状態になるが、うまく岩にひっかかっていてくれれば、少なくとも発見は容易だ。

その点、滝壺にもろに飛び込んだ遺体は、意外なほどきれいなものである。ただし、発見し引き上げるのが難しい。無理に引き上げようとすれば、かなりのリスクを伴うことを覚悟しなければならない。通常は滝の流れを停めるか、渇水期《かっすいき》を待って、遺体の引き上げにかかることになる。

いずれにしても費用は膨大だ。救出費用は遺族が負担するのが原則だが、払えないという遺族が多い。

滝を停めるだけでも、観光客の減少によって生じた損害を補償しなければならない。警察にはそんな財源はないし、遺族にだって余裕はない。そもそも、誰が死んだのか分からないケースが多いのだ。

そんなこんなで、結局は自然に流れ出すのを待つことになる。

滝壺の中は、ちょうど噴流式洗濯機のようなもので、遺体は攪拌《かくはん》され、衣服はすべて剝《は》がされる。滝壺から流れ出すときには、まるでキューピー人形のようだ——というのが、良子がひとに語るときの感想であった。

良子の連絡を受けて、まず派出所の巡査が駆けつけ、少し後れて日光警察署からいつもどおりのメンバーがやってきた。大抵は良子と顔馴染《かおなじ》みである。一人だけ、刑事課長の藤沢《ふじさわ》というのが新しい顔であった。この春まで県警の捜査一課にいたとかで、一昨年の自殺事件のときにはいなかった。

「どうすりゃいいんだい?」

藤沢は部下の部長刑事に訊いている。

「当分、上がらないでしょうなあ」

部長刑事は面白くもなさそうに言った。

「上がらないって、救出しなきゃならんのだろう？」

「無理ですよ課長」

部長刑事は前述したような事情をるる説明して、「救出作戦」がいかに困難なものであるかを藤沢課長に納得させた。

「それじゃ、見殺しにするっていうわけか」

「どうせ死んでますから、見殺しという表現は当たっていないと思いますがねえ」

初老の部長刑事は、自分より十歳も若い課長を宥《なだ》めるように言ってきかせた。

「そういうもんでもないだろう」

藤沢は、着任して最初の大事件だけに、いくぶん気負ったところがあった。

日光警察署管内は平穏無事で知られたところである。とにかく事件の発生率が少ない。名うての観光地でありながら、年間にわずか七十件程度の事件しか起きない。それも、取るに足らないような窃盗《せっとう》事犯ばかりだ。

同じ観光地を控えた、隣接する今市警察署とは対照的で、鬼怒川《きぬがわ》温泉をかかえる今市署管内では、殺人事件を含めた、いわゆる強力《ごうりき》犯罪の発生率がきわめて高い。

「とにかく、一応はだね、崖下にレスキューを下ろして、遺体の状態だけでも確認することにしよう」

藤沢課長は声を張って宣言した。部下たちは（やれやれ——）というように肩を竦《すく》めて、それでもモソモソと動きだした。

作業が始まる頃には、観光バスがどんどん到着するし、マイカーの連中もやってくる。現場周辺は野次馬でごった返した。

「飛び込み自殺」と聞いて、面白半分、エレベーターで下の観瀑台に下りる客も多く、ふだんの倍近い客数が見込めそうだ。

その野次馬の中に、浅見光彦もいた。

3

このところ数年の傾向だが、今年の日光地方は雨が極端に少なかった。去年の冬の積雪も例年の半分だったし、頼みの（？）台風も来なかった。異常ともいえるような渇水状態が続いているのである。

そこへもってきて、華厳の滝は上部から中段辺りにかけて、過去の記録にないような大崩壊が発生した。滝の落ち口が十メートルばかり後退してしまったのだ。滝壺は埋まるし、滝の落ちる辺りが赤土の斜面のようになって、そこに水量の少ない滝が落ちてくる景観は、なんとも迫力に欠ける。

といっても、そう思うのは、かつての勇壮な華厳の滝を知る人間であって、はじめて見る者にとっては、やはり華厳の滝は華厳の滝である。落差百メートルの瀑布《ばくふ》は、さすがに見飽きることはない。

そしてこの日は、二年ぶりの投身自殺というおマケつきであった。警察のレスキュー隊員が出動して、百メートル上の観瀑台からロープを下げ、決死的な救出作業を展開している。下手なドラマを見るより、よほど緊迫感がある。

というわけで、野次馬は多少の変動があっても、総体的な人数は増える一方であった。浅見もじっとその様子を見つめ続けたうちのひとりである。だいたい、浅見の好奇心の強さは生まれつきのものらしい。小学生の頃、日食があって、学校側が理科の課外授業のように、全校生徒に観測させたことがある。日食は前後一時間ほどもかかった。次の時間の授業が始まって、先生も生徒も全員が教室に引き揚げたあと、浅見ひとり、えんえんと太陽を眺め続けた。

こういう、しつこさというか、諦《あきら》めの悪さというか、変化の最後の最後まで見届けないと気がすまない性質というのは、いまだに変わらない。

幸運にも、遺体は滝壺上部の岩にひっかかった状態で発見された。これなら引き上げは可能だ。

観瀑台上から下りたレスキュー隊員が死体を発見したという報告は、下の観瀑台にいる客たちにもすぐに伝わってきた。浅見はすばやくエレベーターに向かって走った。エレベーターはかなり大型のもので、一度に三十人近く運べるが、それでも長蛇《ちょうだ》の列ができる。

救出作戦が終了したとなると、それまでいた野次馬が一挙に殺到する可能性があった。その前にエレベーターに乗らないと、長いこと待たされかねない。

こういう、先を読む早さも浅見の特性といっていい。

死体を担架に載せ、青いビニールでグルグル巻きにくるんだものが、断崖《だんがい》をゆっくりゆっくり引き上げられた。浅見はいつも持ち歩いている「報道」の文字が入った腕章をつけると、報道関係者のような顔をして、警察官に接近した。

指揮をしているのは、たぶん所轄の署長なのだろう、警視の襟章《えりしょう》をつけた制服姿の男だ。その脇《わき》には私服の男がいる。浅見の勘では、これが刑事課長だ。さらにもう一人、トランシーバーを耳に当てながら、署長にピッタリと寄り添っている若い制服の巡査部長は、署長の秘書役といったところか。

「もう一つ、崖の下に白骨死体があるのですが、どうしましょうか。どうぞ……」

トランシーバーから声が聞こえた。たまたま、そのとき周辺には浅見以外、報道関係者はいなかった。

署長は刑事課長と顔を見合わせた。厄介な仕事がまた一つ増えた――という、苦い顔であった。その目が周囲をひとめぐりして、浅見の視線とかち合った。浅見は反射的にニッコリ笑った。

「もう一人、遺体が見つかったのですね？」

浅見はわざわざ念を押してから、一歩、署長に近づいた。

「そのようですな」

署長は仏頂面でそっぽを向いた。

「おたくさん、どこの社？」

刑事課長が胡散臭《うさんくさ》い目で浅見を睨《にら》んだ。

「フリーの者です」

浅見はすかさず名刺を出した。例によって肩書の何もない、名前と住所だけの名刺である。

「東京のひと？　ずいぶん早いね」

「偶然、通りがかったのですよ。華厳の滝の取材にきていましてね」

「ふん、そりゃツイていたっていうことですかな」

「あっ、そういう言い方は不謹慎じゃないですか？」

「ん？」

刑事課長は露骨にいやな顔をした。

「こんなもの取材しても、大した記事にはならないのじゃないの？」

「いえ、そんなことはありません。華厳の滝はいまだに自殺の名所だということだけでも、充分、話題性がありますよ。それに、もう一体、白骨死体があったというのでしょう。そっちのほうも興味がありますね」

「しかし、発表はここでは何もしませんよ。あとで署のほうで公式に発表するだけですから、あんたも、何か訊きたいことがあれば、本署のほうに来てください」

その公式発表は午後二時から、日光警察署の会議室で行なわれた。日光警察署はまだ建って間がない、明るい庁舎だ。正面玄関の間口も広く、ガラス張りの大きなドアの向こうには、執務中の警察官や女性事務員などの姿がはっきり見える。文字どおり、ガラス張りの、開かれた警察——というイメージは、観光都市日光にふさわしい。

事件の少ない土地柄らしく、警察官たちの動きも、どことなくのんびりしている。それにしても、浅見が意外に思ったのは、取材の人数がわずか四社六人という少なさだったことだ。そのうちの二社は地元新聞、ほかの二社はいわゆる通信社で、浅見だけがフリーの「記者」というわけだ。

待つ間もなく、刑事課長が現われて、自殺者に関するデータを読み上げた。

自殺したのは、東京の若い会社員で、所持品等から身元はすぐに判明した。勤務先に問い合わせたところ、たしかにそういう人物が所属していること。数日前から会社を無断欠勤していること。さらに、同僚の話によって、自殺の虞《おそ》れも充分あると見られていたことなどが分かった。

遺書はなかったが、自殺の動機はサラ金の借金を苦にしたものだった。ごくありふれたケースだし、いまさら——という感がないわけでもない。取材陣の人数が少ない理由も、なんとなく頷《うなず》けるような気がする。

「もう一人の白骨化した遺体の主は誰だったのです？」

記者の一人が訊いた。

「いや、まだ身元は不明です。死後二年ばかり経っているらしく、身元を示すような所持品はありません。服装などもかなり傷んでいて、もっか、家出人等手配書と照合し、歯型などから身元割り出しの作業に入るところであります。追って、分かりしだい発表しますので」

簡単に言って、課長はさっさと退場した。なるほど、これでは報道陣の熱が入らないのも当然かもしれない。

とおりいっぺんの記事を送稿してしまえば、あとはそれっきり——という内容だ。顔見知り同士はマージャンの合図を交わしながら、さっさと引き揚げて行く。

「案外あっさりしたものですね」

浅見は、ひまそうに欠伸《あくび》をしている中年の通信社の男に話しかけた。

「ん？　ああ、だいたいいつもあんなもんですよ」

見掛けない顔だという表情をしたが、ベテランらしい鷹揚《おうよう》さを見せて、言った。

「僕はこういう者ですが」

浅見は名刺を出した。

「ふーん、フリーなの。わざわざ東京から来たの？」

「いや、たまたま、現場にいあわせただけですが」

「だろうね。自殺なんか、いまどき珍しくもなんともないし、動機だって似たり寄ったりだもんねえ。人生不可解——なんてさ、しゃれたこと言って死ぬやつが、たまにはいてくれてもいいんだけどさ」

通信社の男は、一応の礼儀として、名刺を出した。名前は早川益男《はやかわますお》。「K」という大きな通信社の今市支局で、肩書は支局長となっている。

「支局長といったって、おれ以外は若いのが一人いるのと、カミさんが事務をとってるだけだけどさ」

早川は欠伸を嚙《か》み殺しながら、言った。

「もう長いのですか？　こちらは」

「ああ、十何年になるかな。こういうところの通信員ていうのは、地元とある程度密着してないと、ろくなネタも取れないからね。どうしても長くなる。こっちもそれを望んで、のんびりやってるわけ」

早川は立ち上がり、まあひとつよろしく頼みますよ——と言いながら、仲間の後を追うようにして、会議室を出て行った。

浅見は一人残って、さてどうしたものか——と思案した。智秋牧場へ行く途中、妙な騒ぎに巻き込まれて、時間をロスした。すでに時刻は三時を回っている。これから牧場へ行っても夕暮れどきだろう。そっちのほうは明日の仕事にして、さて、今夜の宿でも決めようか——と、思った。

そのとき、会議室のドアを威勢よく開けて、若い私服の男が飛び込んできた。私服だが、一般人でないことはすぐに分かった。明らかに刑事の顔をしている。

「あれ？　課長、いませんか？」

刑事はすっ頓狂《とんきょう》な声で浅見に訊いた。

「ああ、いましがた、ちょっと出て行かれたところですよ」

浅見は言って、「白骨のほうの身元が分かったのですね？」とカマをかけた。

若い刑事は驚いたらしい。

「ん？　ああ、まあ、そうです」

はずみのように言ってしまってから、まずかったかな——という顔になった。

「課長はその件についても、発表するって言ってましたよ」

浅見はとっさに嘘をついた。

「二年前、行方不明になった、あの人だったそうじゃないですか」

「そうなんですよね、あんなところで死んでいたなんてねえ。こりゃ、ちょっとした問題になりそうですよ」

「やっぱり、殺しの疑い濃厚ですか？」

「どうですかねえ。しかし、あそこは莫大《ばくだい》な遺産が絡んでいるから、一応、そういうことも考えられるでしょうねえ」

そう言ったとき、トイレにでも行っていたらしい刑事課長が、会議室の前の廊下を通りかかった。

「あ、課長、身元はやはり智秋さんのところの次男の方だったそうですよ」

「ばか！」

課長は浅見のほうを見て、目を剝《む》いて怒鳴った。若い刑事は首を竦めた。何で怒られたのか分からないでいる。

「ブン屋さんの前で、軽率なことを言うんじゃない」

「は？　いや、しかし課長が……」

「私がなんだって言うんだ？」

「発表をされるとか……」

「発表？　そりゃ、公式にはいずれ発表するかもしれないが、この段階で部内秘をさらけ出すわけがないだろう」

苦い顔をして浅見に近づいた。

「おたくさん、悪いが、いまの話、オフレコにしておいてくれませんか。ちょっと、いろいろ差し障りがある問題を内包しているものでしてね」

「いいですよ。僕もそのつもりでいました。智秋家の相続問題は、相当こじれているそうですからね。遺体が本当に次男の方のものであるかどうか、慎重の上にも慎重に判定しないと、あとあと面倒でしょう」

「ふーん……おたく、詳しいですなあ」

課長は疑わしげな目を三角にして、浅見をじっと見つめた。

4

華厳の滝で発見された白骨死体が、どうやら次郎《じろう》叔父のものらしいという連絡が入ったことを、添田から聞かされたとき、朝子はそれほど意外な感じはしなかった。

(やはり――)

そう思った。次郎叔父が「失踪《しっそう》」してからすでに二年。叔父が生きているという希望は、ほとんど持てなかったからである。

身元判明の決め手となったのは、「JC」のイニシアルのある指輪だったそうだ。叔父は骨太のごつい指に、アメリカ人がしているような幅広の金の指輪をしていた。大きな掌《てのひら》で両方の頬《ほお》を挟まれると、指輪の部分だけが冷たかった。

そのことを思い出した瞬間、朝子はふいに涙が溢《あふ》れてくるのを覚えた。

次郎叔父は朝子と似て馬が好きで、カウボーイのように、いつも牧場で暮らしていた。父の友忠や下の叔父の公三のような、紳士ぶったようなところは毛ほどもなく、無骨で陽気で、声の大きな叔父だった。

朝子はそういう叔父が大好きで、子供の頃から、父以上に親しんで、夏休みに牧場に来るのを楽しみにしていたものだ。馬で牧場を駆け巡ったり、谷川で鱒《ます》釣りを習ったり、夜は天の星座のことや、歴史の話をしてもらった。

叔父は生まれながらの自然児だったのかもしれない。絵も上手だったし、短歌もよくしたが、その才能を外部にひけらかすようなことはしなかった。

朝子の目から見ると、とても男らしく、魅力的に思えたのに、どういうわけか女性との付き合いはなかったらしい。女性ばかりでなく、牧場を離れた場所では、人との付き合いそのものが億劫《おっくう》だったのかもしれない。

そういう次郎叔父は、智秋一族の中では変人扱いされていた。一族の中の、いわば「持て余し者」であったことは、父や公三叔父、それに祖父の取り巻き連中の陰口を聞いていれば分かる。

大好きな次郎叔父が、そういう悪口を言われていることが、幼い朝子には我慢ならなかった。しかし、叔父にそのことをそれとなく伝えると、叔父は「そうかそうか」と笑うばかりだった。

朝子が成長して、大学などで人並みにボーイフレンドらしき者ができると、朝子は無意識のうちに次郎叔父と比較してしまう。叔父の大きさと較べると、若いというハンデを考慮に入れたとしても、彼らはあまりにも小さすぎて魅力に乏しく思えた。

その次郎叔父が突然、行方不明になったのは、一昨年の秋である。夜、車で牧場を出掛けて、そのまま戻らなかった。

車は愛用のジープだったが、二日後に山形県内のドライブインで発見された。放置されたままになっているジープを怪しんで、店の者が警察に連絡し、車のナンバーから、群馬県警と所轄の沼田警察署を通じて智秋牧場に照会されて、はじめて、次郎叔父の行方不明が浮かび上がったというわけだ。

次郎叔父がなぜそんなところに行ったのか、誰も思い当たる者はなかった。山形県に知り合いがいるという話を聞いたことはないのである。しかも車を放置したまま、連絡もなしに二日を経過しているというのも、ただごととは思えなかった。

「何かの事件に巻き込まれたのではないでしょうか」

沼田署ではそう言っていた。言われるまでもなく、そうとしか考えられない。

ともかく行方不明人捜索願というのを提出し、山形県方面を中心に、しばらく捜索活動を行なっていたが、結局、消息不明のままになっていた。

その次郎叔父が、なんと、智秋牧場とはつい目と鼻の先といってもいいような華厳の滝で死んでいたというのである。

自殺か他殺かは分からない——ということであった。

「自殺するわけがないじゃないの」

朝子は唇を噛んだ。

「そうですよねえ、あの先生が自殺するわけがありませんよね」

「先生」とは次郎叔父のことである。べつに何の先生というわけではない。会社の役職名は「取締役」にはなっているものの、名目上のことだけで、実際には牧場の仕事以外、何もしていない。獣医の資格もないのだが、獣医以上に馬のことには精通していた。というわけで、牧童たちは自然発生的に「先生」と呼んでいた。

「でも、殺されるような理由だって、あるはずがないわ」

「はあ、おっしゃるとおりです」

あの次郎叔父が——誰のことも傷つけないような男が、他人の怨《うら》みを買うとは、朝子にはどう考えても想像できない。

夕方近く、朝子は公三叔父と添田にくっついて、日光署へ行った。「おまえは来なくていいよ」と公三は言ったのだが、朝子は聞かずに、車に乗った。

しかし、さすがに遺体を見ることはできなかった。もっとも「遺体」といっても、警察の話によると、完全に白骨化した死骸《しがい》だそうだ。たとえ次郎叔父だと分かっていても――いやそれならなおのこと、朝子には見るにしのびない。衣服もボロボロに風化し、ベルトのバックルも錆《さ》びて、針金のように細くなっているという。免許証なども所持していたはずだが、雨や雪溶け水に流されたのか、それとも獣が持ち去ったのか、現場付近には見当たらなかったそうだ。

ただ、金の指輪だけはしっかりしていた。「JC」の刻み文字もはっきり読み取れた。

「血液型が特定できるかどうか、なんとも言えませんが、もっか科学捜査研究所のほうへ依頼はしています」

刑事課長がそう言った。

「あとは歯型の確認ですが、こっちのほうは、虫歯に罹《かか》ったこともないようですので、ほとんど期待が持てそうにありません」

その点は朝子と次郎叔父と似通っている。叔父も真っ白な大きな歯をしていた。笑うと、黒い髭面《ひげづら》の中に、白い歯ならびが印象的だった。

公三叔父と添田が遺体安置所に行っているあいだ、朝子は警察署の建物を出ていた。二人が白骨死体を見ているありさまを思うだけでも、身が竦んだ。山峡《やまかい》の街・日光はすでに夕闇《ゆうやみ》に閉ざされていた。東照宮の森だろうか、くろぐろとした岡《おか》の向こう、二荒山《ふたらさん》の頂上付近が残照を受けて淡い赤に染まっていた。

「失礼ですが、智秋家の方ですか？」

いきなり声をかけられて、朝子はドキッとして振り向いた。

街灯の光に白い笑顔を見せて、長身の青年が立っていた。

「ええ、そうですけど……」

朝子は刑事が呼びに来たのかと思ったが、いくぶん警戒しながら答えた。

「僕は浅見という者です」

青年は名刺を出して、朝子に手渡した。街灯の明かりでは判然としないが、耳で聞いているだけに、「浅見」という名前は読み取れた。肩書のない名刺で、なんとなく重みに欠ける。

「ルポライターのようなことをしている人間ですが、このたびはお気の毒なことだったそうですね」

わずかに頭を下げた。

「まだ叔父かどうか、確定したわけではありません」

朝子はやや憤然として言った。

「あ、そうでした。これは失礼」

浅見は苦笑した。よくない第一印象を与えてしまった——と思ったらしい。

「何かご用でしょうか？」

朝子は警戒心を露《あら》わに、訊いた。

「じつは、今日、僕は智秋牧場をお訪ねしようと思っていたのです。ところが途中で自殺騒ぎに……いや、叔父さんのことではなく、べつの人が華厳の滝に飛び込んだ事件に遭遇して、それで道草をくうことになってしまいました。そうしたら、なんと、もうお一人、遺体が発見されて、それが智秋家の方のものかもしれないというのでしょう。驚きましてねえ」

「それじゃ、うちの牧場に、何かご用だったのですか？」

お客となると、応対の仕方も変えないと具合が悪い。朝子の口調が柔らかくなった。

「はあ、目的は二つありました。一つは、今年、おたくの牧場の産駒が大活躍した、その秘密は何か——という記事を書きたいことと、もう一つは……」

浅見はちょっと躊躇《ためら》ってから、笑顔を見せて、言った。

「おたくの智秋という名前ですが、本当は明智——つまり、明智光秀の末裔ではないかという説がありましてね。それを確かめようと思ってやって来たのです」

「明智光秀?……」

朝子は呆れて、眉をひそめた。

「何ですか、それ?」

「つまりですね、明智光秀は山崎の合戦で負けたあと、死ななかったという説があるのです」

「はあ、そうなんですか……でも、それがどうして智秋家と関係するのですか?」

「智秋さんの名前を引っくり返すと明智になるというのが、そもそもの理由ですね」

「あら、ほんと……」

朝子ははじめて気がついたが、「でも、ばかげたこじつけですよ」と突き放した。

「それとももう一つ、天海僧正が明智光秀の変身した姿だという説もありましてね。そうなると、日光のそばに明智家の末裔が住みついたという仮説は、信憑性《しんぴょうせい》があるということにもなるわけでして」

「天海僧正が明智光秀ですか?」

朝子はいよいよ呆れて、浅見の顔を眺めていた。朝子は次郎叔父譲りの歴史好きで、日光東照宮を創建した天海のことはもちろん、明智光秀のことも知ってはいるけれど、そんな話は聞いたことがなかった。

「まあ、こういうのはよくある話です。源《みなもとの》義経《よしつね》が大陸に渡ってジンギスカンになったとかいうのはですね。しかし明智光秀が天海になったというのは、相当にほんとらしい」

「あの、お話し中ですけど」

朝子は浅見を制した。

「私はいま、そういうお話をのんびり聞いていられるような心境ではないのです」

「あ、そうでしたね、叔父さんが亡くなったのかもしれないという……いや、申し訳ありません」

浅見は潔《いさぎよ》く頭を下げた。

「しかし、もし本当に、あのご遺体が叔父さんだとすると、智秋家はこれからが大変なことになるかもしれませんね」

「どうしてですか？」

朝子は驚きと非難を籠めて、夕闇の中の浅見を睨みつけた。

「もちろん、叔父さんの死因にもよりけりですが。叔父さんも、智秋家の膨大な資産の継承者のひとりであったことは事実なのですからね」

「じゃあ、あなたは、そういう……」

朝子は息を呑んだ。

そのとき、警察の玄関から公三叔父が小走りにやってきた。浅見に不審げな視線を送ってから、朝子に署内に入るよう、顎《あご》をしゃくった。

叔父の後についてゆく朝子に向けて、浅見は「もし何かありましたら」と声をかけた。

「その名刺のところに電話してください。お役に立てると思いますよ」

朝子と一緒に、公三叔父も振り向いた。

「どちらさん？」

朝子に訊いている。

「ちょっとお知り合いになった方です」

朝子は言葉を濁して、叔父を追い抜いて、建物の中に入って行った。

5

白骨死体が智秋家の次男、次郎である可能性は、ほぼ確定的なものと判断された。もちろん百パーセントそうだという保証はあり得ない。何しろ肉片がわずかにこびりついているような白骨化死体だし、衣服など、身元確認の手掛かりになる物も原形を留めないほどに傷んでいる。

血液型による特定も難しい。指輪は確かに本人の物ではあったけれど、それだけでは絶対的な決め手とはいえない。早い話、智秋次郎が、誰か別人に指輪を嵌《は》めて、身代わり殺人を犯した可能性だって、全然ないわけではないのだ。もちろん警察では遺族に対してそんなことはあからさまには言わないけれど、事実をいえば、そういうことである。

しかし、死体が智秋次郎でないという反証のほうはさらに材料がなかった。むしろ、そういう消去法的な意味からいって、死体が智秋次郎であると断定したといってもいい。

智秋家の者も、それを認めた。わずかに朝子が愚図《ぐず》ったが、それは次郎叔父の死を認めたくないという、娘らしい感傷から出た抵抗でしかなかった。

遺体は——というより、遺骨は、それでも一応、通常の柩《ひつぎ》に入れられ、智秋牧場に運ばれた。遺体搬送車には朝子も同乗した。いろは坂で車が揺れるたびに、柩の中で骨が躍《おど》って、ゴトゴトという不気味な音を立てた。それは、そこにあるものがもはや単なる物体でしかない証《あか》しであった。その音を聞きながら、朝子は次郎叔父の死を、心に刻み込むように、少しずつ納得していった。

葬儀は遺体発見から三日目に、牧場の寮舎で行なわれた。父親の友康は病床を離れることができないので不参加。菱沼温泉ホテルに滞在中の公三・房子夫婦と三人の子供。東京からは、朝子の両親と弟、それに会社の重役連中も数人、泊まりがけで参加したが、状況が状況だけに、ごく内輪の葬儀という建て前になった。

朝子が寝泊まりしている寮舎は、大きくてがっちりして、内装は朝子の部屋など、客を招いても恥ずかしくないような設備等を備えているが、外観を見るかぎり、材木が剥き出しに使われているような、素朴な建物だ。それを隠すように白と黒のだんだら模様の幕を張り巡らせ、入口から土間に入った正面の部屋——ふだんはリビング兼食堂に使われている——の板戸を外し、祭壇を飾った。

葬儀の準備は、朝子や場長の添田、それに牧童の宮下《みやした》、小西《こにし》、沢木《さわき》らが中心となって整えた。菱沼温泉ホテルの従業員や添田の妻文江《ふみえ》、出入りの業者たちも手伝いに馳せ参じてくれた。

牧場周辺の地面は霜溶けしている。筵《むしろ》を敷いてはいるけれど、人々は泥が靴につくのを気にしながら、歩きにくそうに列を作った。いまにも雪が降りだしそうな寒空の下での葬儀は、いかにも侘しげであった。

内輪に——とはいっても、さすがに智秋グループの身内が死んだとあって、葬儀には、親族や会社関係者以外でも、取引先や銀行、中央官庁から地元の役場までさまざまな公共機関、それに私的な知人や地元の人々など、かなりの人数の参会者があった。

朝子にとって——というより、親族全員にとって意外だったのは、それらの人々とはべつに、彼等がまったく知らない会葬者が数人いたことだ。むろん通知を出したわけでもない。

「智秋次郎さんとは、短歌を通じてのお知り合いで……」

訪れたのはそれぞれバラバラにだが、親族への挨拶で、彼等は一様にそう言って自己紹介をした。

次郎叔父が短歌を作っていることは、もちろん朝子も知ってはいたけれど、こんなふうに、いわば死を悼《いた》んでくれるような親しい短歌仲間が何人もいるとは、まったく知らなかった。

彼等の中の何人かは、中京や関西辺りからの遠来の客でもあった。

「新聞で訃報《ふほう》を拝見しまして、びっくりして駆けつけたような次第で……」

そうも言っている。

智秋次郎の死は新聞沙汰《ざた》にならないよう、智秋グループの広報担当が極力、マスコミ関係を抑えて回った。それでも智秋グループの次男坊が死去したとなると、ぜんぜん記事にしないというわけにはいかない。

死亡原因がはっきりしない段階ということもあって、マスコミ側も記事の内容をどうするか苦慮はしたらしい。やむなく、「事故による死亡」という表現をした新聞がほとんどだった。

葬儀のあと、場所を菱沼温泉ホテルの大広間に移し、会葬者を饗応《きょうおう》した。親族はもちろん、会社関係の客や近隣の人々、遠来の客たちもそれに加わってもらった。ホテルの者ばかりでなく、智秋グループの社員も彼等の接待に当たった。

短歌関係の人々は、ひとかたまりになって故人を偲《しの》ぶ話を交わしていた。朝子はその近くに座を占めて、彼等が叔父の知られざる一面を語るのに、耳を傾けた。

驚いたことに、全部で八人いる短歌関係者は、それぞれがまったく見知らぬ者同士だということであった。いわゆる結社・グループの所属も異なるのだそうである。彼等が所属する会は、それぞれが独自に機関誌を発行しているが、次郎叔父はそのいずれにも属さない、完全なフリーの投稿者という立場で、いわば誌上を通じて、彼等と知り合い、個人的に書簡の遣《や》り取りなどをしていたということらしい。

「智秋さんの歌は、とても共感をそそられるものが多かったですなあ」

短歌仲間の中でもっとも年長らしい、三重県の桑名《くわな》市から来た水谷《みずたに》という老人がそう言った。もう八十を越えたのではないかと思えるほどの老人だが、穏やかな表情の中で、時折り、眼光だけが鋭く聡明《そうめい》そうに輝くのが印象的だ。

水谷老人の言葉に、他の人々も互いに頷きあっていた。

「叔父の歌は、そんなに優れたものだったのですか？」

朝子は素朴な質問をした。

「素晴らしい才能の持ち主でしたよ」

水谷老人は言った。自分の耳が少し遠いせいか、大きな声であった。

「短歌の世界というのは、独立独歩のようなものですからね。離合集散がはげしいということはないにせよ、べつの派のひとの歌に心惹《ひ》かれるというのは、ほんとうに珍しいものなのです。智秋さんの歌には、そういう、派閥とか人脈を超越して、人の心に忍び込むような優しい情感がありましたな」

水谷老人がトツトツと語る言葉には、短歌を愛する者の優しさが籠められていた。

「こちらの水谷先生は、桑名市に本拠を構える『えにしだ』という会を主宰《しゅさい》されておられる方です」

客のひとりが朝子に向けて紹介した。

それをきっかけに、短歌関係の客たちが互いに紹介しあったり、自己紹介をしたりする形で、彼等の身元がしだいに明らかになっていった。

水谷老人はもちろんのことだが、そのほかの面々も、年齢や所属する団体はマチマチながら、いずれも短歌界では名のある存在であるらしかった。たとえば、その中の安永《やすなが》という人物などは、何年か前の宮中歌会始《きゅうちゅううたかいはじめ》に詠進歌《えいしんか》を採用されるという、いわば短歌の道に勤《いそ》しんでいる人々にとっては最高ともいうべき栄光と幸運に浴しているそうだ。

「そうでしたか、あなたがあの安永さんでしたか。いや、おめでとうございました」

その紹介があったとき、水谷老人だけは率直に祝福するように言ったが、ほかの人々の表情には、尊敬というより嫉妬《しっと》といっていいような、羨望《せんぼう》の色が表われたのには、朝子は驚いてしまった。

それにしても、そのことで分かるように、いわば錚々《そうそう》たるメンバーが一堂に会したというわけだ。その人々が異口同音に、智秋次郎の才能を讃《たた》え、その死を惜しんでくれた。しめやかな席だけに、ここの話し声が広間中に聞こえた。いつのまにか、広間中の耳がこっちに向いているような状況になった。

その談話の中で、静岡県の西伊豆《にしいず》から来た山田《やまだ》という男が、ちょっと気になることを言った。

「じつは、二年ほど前のことですので、はっきりした記憶はないのですが、智秋さんにお電話をしたことがありました。たしか日光の紅葉のことなどが話題になりましたから、たぶん秋口のことでしょう。そのとき、智秋さんと話したのが、最後のお付き合いということになります。いま思うと、その直後に失踪なさったということですね」

「その際ですが……」

突然、背後から、人々の会話に割り込むように言った男がいた。言いながら、黒っぽい手帳を示した。朝子たち親族はたびたび会っている、日光署の刑事である。葬儀のときからずっと、私服の刑事が何人か来ていて、会葬者たちを摑《つか》まえては、何か事件解決の手掛かりになるようなものはないかと、話を聞いて回っていた。その一人が、いつのまにか、ここまでついて来ていたのだ。

(せっかくしっとりとした気分で、次郎叔父さんの話を聞いているのに——)と、朝子は刑事に向けて、露骨にいやな顔を作って見せたが、あっさり無視された。

「その電話の中で、智秋次郎さんは、何か失踪を予告するようなことは言ってませんでしたか？」

刑事はそう訊いている。

「いや、べつに、そんなことは言っておられませんでしたが」

山田という男は、びっくりした目を刑事に向けて、答えた。

「何を話したのか、憶えていませんか？」

刑事はしつこく粘って言った。

「短歌の話をしましたよ。智秋さんの歌に、なかなかいいものがあったので、つい嬉《うれ》しくて電話したのですから」

山田は迷惑そうに、眉をひそめていた。

「そのときに智秋さんが言ったことで、何か憶えていることがありませんかねえ」

「そうですなあ……何しろだいぶ前のことですから何を話したのか……日光のことを言っておられたような……そうそう」

山田は急に思い出したのか、いきいきした目になった。

「日光で面白いものを発見したとか、そんなことを言って、ちょっと気負っておられたような感じだったですね」

「面白いもの……ですか。何ですかね、それは？」

「さあ、何のことなのか、私は分かりませんでした」

「しかし、それはちょっとおかしいですな」

刑事の言い方が、不遜《ふそん》な感じだったので、山田はムッとした顔になった。

「おかしいとは、何がおかしいのです？」

「いや、おたくさんは、智秋さんが『日光で面白いものを発見した』と言ったことに対して、何のことだろうとか、そういう疑問は持たなかったのですか？」

「それはもちろん、持ったと思いますよ」

「だったら、当然、問い返したいという気になると思いますがねえ。そうはしなかったのですか？」

「いや、それはもちろん訊いたでしょう。いや、たしかに訊きました。何を見つけたのですかとね。訊きましたが、それに対する答えは……憶えていないというより、なかったのじゃないかな？……そうそう、たしか、いずれ教えてくださるというような感じだったと思いますよ」

「なるほど、そういうわけですか」

刑事は納得したらしいが、それでもなお、首をひねった。

「さっき、おたくさんは『気負っていた』と言っておられたが、どうしてそう思ったのです？」

「それはまあ、そういう感じがしたということで……どうしてかと訊かれても……」

「何かそれらしいことを、智秋さんが言っていたのではありませんか？」

「うーん、そうですなあ……」

山田は困惑した目を天井に向けて、しばらく考えていたが、結局、首を横に振った。

「いや、分かりませんねえ。何か興味深いことを発見して、それで何かをしようという感じだったと思いますが、それ以上のことは思い出せません。というより、やはり何も言われなかったと思いますよ」

「それは智秋さんが失踪する直前の時期なのですね？　しかし、いまのお話の感じだと、智秋さんは何やら、大いにやる気まんまんという感じがしますねえ。自殺なんかしそうにないような……その点はどうでした？」

「それはもちろん、そんな気配はまったくありませんでしたよ。だいたい、智秋さんが自殺なさるような人物だなんて、私はとても信じられません」

山田はその点は強調した。ほかの面々も同調して、大きく頷いていた。

刑事は興味深そうに山田たちの様子を眺めていた。刑事にしてみれば、署に戻って報告するに足る大収穫——という気がしていたのだろう。

じつは、この時点で、警察はまだ智秋次郎の死を自殺とも他殺とも判定しかねていたのだ。

彼の車が山形県内という、とんでもない場所で発見されたからといって、それだけで他殺と断定はできない。自殺したあと、付近に放置してあった車を、たまたま何者かが盗んで行ったものかもしれないわけだ。

警察は次郎の部屋の家宅捜索も行なった。何か事件に繋がるような証拠物や、あるいは遺書等、自殺を示唆《しさ》するような物が遺留されていないか調べた。

しかし、そういう作業はすでに家族の者がすませているわけで、警察のおざなりな捜索で、新たな手掛かりが発見できる見込みは薄い。

ゴルフもテニスもやらなかった次郎の部屋には、スケッチブックや油絵の道具類、完成した絵、描きかけの絵などが少し。それと、壁に自分で作った棚や、あるいはじかに床の上に、さまざまな書物と資料が山のように積まれてあった。書物の多くは馬に関するものと、詩集や短歌関係の本、雑誌類ばかりである。

無骨なテーブルの上に、思いつくまま短歌を書いた大学ノートが載っているのが、朝子や添田など、次郎との付き合いが深かった者の悲しみをそそった。

しかし、そういった感傷的な意味をべつにすれば、次郎の私物の中には、財産価値のあるようなめぼしい物は何もなかった。

6

故人を偲ぶ宴は三時頃まで続いて、会葬者たちが全員引き揚げたのは四時頃であった。来たときはバラバラだった短歌関係の人々は、二台のハイヤーに分乗して、いっせいに帰って行った。名古屋や関西方面まで一緒という人も何人かいるということだった。おそらく、車中では短歌の話で退屈することもないのだろう。

会社関係の者たちもほとんどが帰って行って、朝子が牧場の寮舎に戻った頃には、日暮れ近い時刻だった。

重苦しい雲に閉ざされた空からは、いまにも雪が舞い落ちてきそうな様子であった。

朝子は次郎叔父の部屋に入って、独り、ぼんやりと思い出に耽《ふけ》った。

この部屋で次郎叔父が、熱っぽい口調で歴史の話や詩や短歌の話をしてくれた日々は、もはや二度と戻ることのない遠い出来事になってしまったのだ。

次郎叔父はなぜ死んだのか？　あるいはなぜ殺されたのか？

どうすればそれを解く鍵を発見することができるのだろうか？

次郎叔父の死は、たしかに唐突なものであったけれど、何かの徴候があったのではないだろうか？

さまざまな疑惑が朝子の脳裏を去来した。

警察も殺人事件である場合を想定して、それとなく、次郎叔父の死を望む人物がいないかどうか、探って行ったようだ。

しかし、次郎叔父がこの世に存在していては都合の悪い人物など、いくら考えたところで思い浮かんでこない。

人畜無害ということでは、次郎叔父ほど人畜無害な人もいなかったのではないか——と朝子は思うのだ。

唯一、考えられるとしたら、それは祖父が死んだあとの遺産相続にからむ動機——ということになるだろう。パイを分かちあう人数は、少ないほうがいいに決まっている。だとすると、相続の権利者の誰かが犯人というわけだ。祖父がどのような遺書を書くつもりなのかは知らないけれど、次郎叔父にかなりの部分——ことに牧場に関する諸権利のすべてを次郎叔父のものにするであろうことは、誰の目にも明らかであった。

智秋友康は息子の次郎を可愛《かわい》がっていた。ぶっきらぼうで、おべんちゃらの一つも言わない次男坊だったが、そういうところが友康にはかえって可愛かったのかもしれない。

智秋グループに君臨する友康には、誰ひとりとして面と向かって物を言えるような人間はいなかった。長男であり、いまや智秋株式会社の社長でもある朝子の父・友忠でさえ、父親には上司に対するような丁寧な言葉遣いをした。

むしろ、そういう点では朝子のほうが親しげに物言いができた。次郎にいたっては、友康をただの父親としてしか捉《とら》えていないようなところがあった。敬語は使うが、それもごく一般的な親子の会話風のものだった。そんなことは、世間一般では当たり前のことのようだが、友康に対してそういう態度が取れるというだけで、周辺の人間には驚異だったのである。

智秋友康は実際には智秋家が事業を始めてから三代目に当たるのだが、事実上の創業者・初代総帥《そうすい》といってもいいほどの、エポックメーカーであった。それまでは一地方に根拠を置く素封家《そほうか》――という程度だったのを、一大事業グループの一つにまでのし上げた。それだけに、あくなき欲望の固まりのような人間で、それを事業の上で実践してきた男――というイメージで、世間は彼を見ていた。「智秋」をもじって「血無き」友康などと、ひどいことを言われたりもした。

そういう友康の血をある意味でもっともよく受け継いだのが、三男の公三であった。公三は事業欲が強く、かつ権勢欲はとどまるところがないような性格であった。

それはしかし、公三の場合〝我欲〟の色彩が強い。会社を留守にして、父親の傍につきっきりというのは、己れの欲望を達成させるためには、なりふり構わぬ——という姿勢の表われといえる。

それと較べれば、朝子の父親・友忠はむしろ凡庸な二代目といったところだ。先代が創り上げたものを守るのに汲々《きゅうきゅう》としている。これで、友康亡きあとはどうなるのだろう——と、グループ内でさえ囁《ささや》かれているような人物である。

(私がしっかりしなくちゃ——)

まだ二十四歳でしかない朝子をして、友康の病床近い智秋牧場に居続けさせている理由は、そこにある。

次郎叔父がいた頃は、何かにつけて相談相手になってもらうことができた。

その当時はまだ、朝子は大学へ行っている頃だったので、休みの時期にしか会えなかったのだが、それでも、折りにふれて心配ごとを話すと、それなりの解決法を示唆してくれたものだ。

次郎叔父は浮世離れしたような生き方をしているし、実際、自分の世界に閉じ籠もっているとしか思えないのだが、朝子が相談を持ち掛けると、驚くほど的確に状況を把握していることに気付く。

「ねえ、叔父さまって、どうしてそんなに何でもよく知ってらっしゃるの？」

朝子が訊くと、ニコニコ笑うだけで、答えない。

さらにしつこく訊くと、天を指さして「星占いだよ」と、真面目くさって言う。

それが、からかわれているのか、本当のことなのか、朝子にはよく分からなかった。

次郎叔父はよく天体の話をしてくれたし、三国志の諸葛孔明《しよかつこうめい》が天文で将来を占った話などを聞かされていたから、まんざら出鱈目《でたらめ》を言っているような気がしないのだった。

いまにして思うと、次郎叔父は世俗には無関心を装っていながら、誰にも知られていないような情報網を持っていて、智秋グループの動静を熟知していたのかもしれない。

あたかも、諸葛孔明が隠遁《いんとん》生活の中で、世界の動きに通じていたように——だ。

しかし、そう思うのはたぶん、朝子の買い被《かぶ》りなのだろう。次郎叔父はやはり、馬を育てること以外には、事業的な欲望はまったくなく、興味もなかったというのが、真実の姿だったにちがいない。朝子が驚くほど、的確な情勢判断ができたというのも、裏を返せば無欲であるがゆえに、冷静に物を見ることができるという、その結果だったにすぎないのかもしれない。

朝子は人気《ひとけ》のなくなった部屋の中で、叔父のテーブルの上に幾冊も重ねてある大学ノートを手に取った。

ノートにはいかにも叔父らしい優しい筆跡で、姿の整った文字が綴《つづ》られている。どのノートにも書かれているのはほとんどが短歌であり、中には、きちんと三十一文字《みそひともじ》にまとまっていない、未完成のものや、単なるアイデアのような文章もある。そのほか、思いついた言葉、もしくは、どういう意図で書かれたのか不明の、ただの単語でしかないような文字の場合もあった。

文字は鉛筆書きのものが多いけれど、ボールペンのこともある。いい歌やこれぞと思うフレーズを思いついたそのときどきに、たまたまそこにあった筆記具を使って、メモのように書いておいたという感じが、ノートを見ていると、伝わってくる。

朝子は乗馬や鱒釣り、それに絵を描くほうはなんとか、叔父の真似ごと程度の付き合いができたけれど、短歌だけはどうしても、自分の才能のなさを感じないわけにいかなかった。

「べつに気取ることはない。思ったまま、思ったとおりを書けばいいんだよ」

叔父はそう言ってくれるのだが、ペンを持つと心理的に構えてしまうのだった。

そこへいくと、次郎叔父はまるで流れるように歌を詠《よ》んだ。大学ノートの無数といっていい文字の羅列《られつ》を眺めていると、叔父は天才だったのではないか——と、そういう想いがしてくる。

雪はまた雪の悲しみを育ており翳《かげ》りつつ白し今朝のかなしみ

叔父がこの歌を作ったときのことは朝子も憶えている。

一昨年の早春。朝子は大学を卒業して、就職する気にもならず、さりとて家で花嫁修業をするというのも気が向かず、まだ雪に閉ざされている牧場に来て過ごした。そういうある日の朝食のテーブルで、叔父がふと呟《つぶや》いた歌である。

「へえー、叔父さまって、そんなロマンチックな歌をつくるの?」

朝子が半分冷やかしのように言うと、叔父は苦笑して、照れ隠しに、スープを啜《すす》ることに専念した。

そういう感傷的な歌があるかと思うと、こんなのもあった。

黙々と川は流れる　押し通る　時のはざまを　俺《おれ》の心を

鱒釣りに行って、釣りを楽しんでいるだけかと思っていたが、叔父は川の流れを見ながら、こんなことを考えていたのか——と、朝子は叔父の内面の複雑さを、あらためて知った想いがした。

天をさす枝ことごと黄落せし空間にしてひかりは宿る

終日をひたすら短き草を食《は》む馬よ太古より同じ像《かたち》に

衰えのみえたる芝のやさしくて手をつけば素足になれと芝が言う

わが胸の恋つめたくもよみがえる夜道の氷踏めば音して

「あら……」と朝子は独り呟いた。「恋」という文字の部分が、妙に浮き上がって目に映った。

(あの叔父にも、恋をした日々があったのだろうか――)

二年前、次郎叔父は四十六歳だった。叔父だって若い時代があったのだし、恋をした日々があったとしても、何の不思議もないけれど、朝子には新鮮な発見だった。

いったい、どこの誰だったのだろう？　あの叔父が恋する相手だもの、きっと美しい女性だったにちがいない。その恋は実ることなく終わったのだろうか？

いくつものノートの歌を流れるように読んで、朝子は最後のノートの最後のほうのページにかかった。

そこに死を暗示するような歌が一首、書いてあった。


わが夢に入り来てわれを殺しゆく影くろぐろと秋はつづけり

朝子はドキリとした。

(何なの、これ？——)

この歌には、何やら殺し屋のような、殺意を持った「影」に脅《おび》えている気配が感じられた。

〔……影くろぐろと秋はつづけり〕とはどういうふうに解釈すればいいのだろう？

短歌の約束ごとだとか、そういうものがあるのかないのか、朝子には分からない。それにしても〔秋はつづけり〕というフレーズの唐突さを、どう理解すればいいのだろう？

いずれにしても、この歌は「秋」を歌ったものだから、叔父が失踪する前のせいぜい一ヵ月以内に書かれたものと考えていいだろう。この歌の後にも、いくつかの歌が書かれているけれど、それらはすべて情景を描写したようなものばかりで、この意味ありげな歌とは、関連性がなかった。

次郎叔父は、失踪する前に、何らかのかたちで死を予感したのだろうか。その予感がこの歌を書かせたのだろうか——。

朝子は、胸の中で、急速に疑惑が広がってゆくのを感じた。

そうして、その疑惑の持って行き場所を思案しているとき、脳裏には、なぜか日光警察署の前で会った、あの見知らぬ青年の名前が浮かんだ。

「浅見……とかいったわね」

朝子はバッグの中から名刺を出した。肩書のない、どこか頼りなげな名刺だった。

第二章　鳥海山麓《ちょうかいさんろく》のニッコウ

1

初日に「華厳の滝」での自殺事件という、思わぬ出来事に遭遇したため、ちょっと方向転換を余儀なくされたとはいえ、浅見光彦の日光参りは続いていた。

東京―日光間は距離にすると約百五十キロだが、時間距離は意外なほど近く、交通渋滞に引っ掛かったりさえしなければ、二時間ほどで行ける。それは東北自動車道と、日光宇都宮《うつのみや》道路が繋《つな》がったためである。だから、季節はずれで、比較的道路が空いているこの時期、日光まではほんのひとっ走り――という感じで往復できる。

もっとも、それが地元・日光市にとって好ましいことか――といえば、短絡的にそうとも言い切れないところに、世の中の仕組みの難しさはある。

もちろん交通の便のよくなったこと、それ自体は歓迎すべきことなのだろうけれど、問題はその分、地元のホテル旅館など、宿泊施設を利用する客が減るという、思いもかけない現象が起きたことにある。

かつての日光は、少なくともひと晩は市内に泊まって、東照宮をゆっくり拝観し、そこからいろは坂を登って、華厳の滝や中禅寺湖を見て――というコースがふつうだった。つまり、観光の基点として、日光市内のホテルや旅館を利用する客が多かったのである。

ところが、交通が便利になってみると、日光に到着する時刻が早くなっただけに、何も日光に宿を取る必要がなくなった。午前中に東照宮を拝観して、午後には隣接する鬼怒川温泉や中禅寺湖畔に行き、そこに泊まったほうがいいという客が増えた。

宿泊客が減れば、当然、市内を散策する客も減るわけで、土産物店など、街そのものが寂れてしまう。浅見は日光の街を歩いてみて、かつてはおそらく、門前町として賑《にぎ》わったであろう表通りが、それこそ灯が消えたように寂れているのを感じた。それは必ずしもシーズンオフであるせいばかりではなさそうだった。

それでも、日光名物の湯波《ゆば》の店などには、それなりの活気があった。ドライブ途中に立ち寄ったらしい客の姿も少なくなかったし、湯波を使った高級料理の店もできている。

もともと、日光は駆け足で見物する場所ではないのである。浅見の母親の時代には、小学校唱歌に「ひねもす見れども飽《あ》かざる宮居《みやい》」と東照宮を歌ったものがあったそうだ。別名「日暮の門」といわれる陽明門の精緻《せいち》な美を鑑賞するだけでも、優に一時間はかかる。観光バスでダーッと来て、ドタドタと歩き回って……というのでは、日光を訪れた意味がない。

とはいえ、気忙《きぜわ》しい現代人の足を引き止めるには、日光それ自体の改革も必要だろう。前述の湯波の料理屋のように、東照宮ばかりではなく、それ以外にも、しっとりと客を遇する方法がありそうだ。日光はいま、そういう視点に立って、新しい方向を模索している——というのが浅見の印象である。

ところで本論のほうだが、天海僧正の話というのは、調べれば調べるほどに、興味が湧《わ》いてくるというような、まったく摩訶《まか》不思議な物語であった。

天海その人自身に関する話も面白いが、それより、天海＝明智光秀という説をめぐる、さまざまな論議があって、それを発掘する作業がなかなか面白いのであった。

浅見がこういう取材をする際のノウハウについて、興味がある人のために、その過程をなるべく忠実に辿《たど》りながら、天海＝光秀説なるものの実像に迫ってみることにしよう。

浅見はまず日光市観光課を訪ねている。これはどこの土地を取材する場合でもそうするのがいい。観光課または社会教育課へ行けば、地元の問題について、どこの誰に訊けばよく分かるか、教えてくれる。

その人の紹介で、つぎに浅見は栃木県立図書館を訪ねた。ここの丸山《まるやま》という職員に、天海＝光秀説に関する本があるかどうか、訊いた。

「そういう本はありません。天海に詳しい人といえば、日光の古文書《こもんじょ》を集めている、日光文書館というところの風間《かざま》さん。郷土史家の河野《こうの》先生、久保寺《くぼでら》先生あたりでしょうか」

しかし、日光文書館の風間順之《のぶゆき》は「日光の古文書についてはほとんど目を通していますが、天海＝光秀説というのは見たことがありません。なぜそんな伝説があるのかも分かりませんね。単なるロマンにすぎないのではありませんか」とつれない答えであった。

郷土史家の河野守人《もりと》も同様で、「分かりませんね。私の専門でもありません。ほかにも郷土史家でそういうことを言っている人は誰もいませんよ」ということだ。

ここにいたって、浅見は呆《あき》れてしまった。いったい、天海＝光秀説というのは、そもそもどこから発生してきた話なのだろう？

ひとまず日光から戻って、『旅と歴史』の春日一行に訊くと、「おれは交通公社のガイドブックで読んだのよ。文句があるなら、そっちへ言ってよ」と、はなはだ無責任な返事だった。

べつに文句を言うつもりはないけれど、浅見は交通公社に電話で問い合わせた。

「天海＝光秀説ですか？　はい、ウチのポケットブックに、たしかにそういう記述がありますね。しかし誰がどういう取材で書いたのか、分からないのですよ。毎年、改訂していますから、原文を書いたのが誰か、古いことですので……」

というわけで、天海＝光秀説の発生源を探る作業は、たちまち行き詰まった。

浅見はふと思いついて、天海が開いた上野の寛永寺に直接、訊いてみることにした。そして、そこではじめて、手掛かりらしきものにぶつかった。

といっても、寛永寺当局がそのことを知っていたというわけではなく、浦川《うらかわ》という研究者を紹介してくれたのだ。

浦川正明《まさあき》は高賢院《こうけんいん》という寺の住職で、天海の研究家として第一人者なのだそうだ。さすがに天海の周辺の史実に詳しくて、話す内容には説得力があった。

浦川の話によると、国書刊行会が復刻した『慈眼大師全集』という大正年間の資料集に、天海僧正のことはすべて紹介されているという。

「いいものも、悪いものも、俗説も、つまりたとえば天海＝光秀説というものもですよ」

浦川は微笑を浮かべながら言い、さらに、

「この書物には、天海＝光秀説などというものは、まったくの作り話であると書かれています。私が思うに、この俗説は天海側からではなく、明智光秀の信奉者側から出た発想で、ごく次元の低い、単なる英雄不死伝説の一つでしかありませんね」

こう断言して、それ以外にも、天海についてのさまざまな疑問に答えてくれた。

ところが、これで完璧《かんぺき》に「天海＝光秀説」は消えたと思ったのも束《つか》の間《ま》。浦川の言っていた『慈眼大師全集』を調べてみると、その中に「天海＝光秀説」に関することは何も書かれてなかったのである。

浅見はその件で、再度浦川に電話で問い合わせた。

「そうでしたか、それでは私の記憶ちがいだったのでしょう。しかし、たしかにどこかで見たことは憶えています。江戸時代の版本《はんぽん》か何かだったのかもしれません」

またしても謎は継続することになったわけである。

浅見はいよいよ万策尽きたあげく、その昔、天海が座主《ざす》でもあった日光山を直撃して、天海＝光秀説の信憑性《しんぴょうせい》を質《ただ》すことにした。

じつをいうと、これにはかなり勇気を要した。敵の本陣に乗り込んで、おたくの大将はじつは別人でしょう？——と訊くようなものだからだ。

何をばかなことを――と笑われるか、それとも頭ごなしにどやしつけられ、叩き出される危険性もあった。

ところで、日光といえば東照宮――とばかり思い込んでいた浅見は、ガイドブックを見て、じつは東照宮と並ぶ存在として『輪王寺《りんのうじ》』があることに気がついた。天海のことはいったいどちらに行って訊くのがいいか、さんざん迷った結果、とりあえず東照宮を訪ねてみることにしたのである。

ところが、案に相違して、日光東照宮の応対は親切なものであった。東照宮の権禰《ごんね》宜《ぎ》で文庫長でもある高橋正俊《たかはしまさとし》という人がなかなかの学者で、そういう俗説にいたるまで、ちゃんと勉強していた。

とはいっても、高橋権禰宜が天海＝光秀説を肯定したわけではない。俗説はあくまでも俗説であるとした上で、話してくれたということである。

「天海＝光秀説の根拠の一つに、明智平《あけちだいら》があります。いろは坂を登ってゆく途中の、開けた場所で、そこを『明智平』と名付けたのが天海だという説なのです。しかし、実際に大日本帝国陸地測量部の五万分の一の地図を調べてみると、昭和になって作製された地図には、たしかに、馬返しからの登山鉄道の終点が『あけちだいら』となっているけれど、大正時代のものには、それがないのですね。ですから、明智平というのは、単純に考えて、中禅寺湖や華厳の滝の観光が進んで、登山鉄道（現在廃線）が開発された以後、その途中の見晴らしのよい明るい場所——という意味から名付けられたものだというのが、事実ではないかと思います」

本家本元がそう言うのだから、どうも、春日一行の期待どおり、天海＝光秀説を立証する手段はなさそうだ。あとは無理やりでっち上げるか、こじつけるかするしかない。それがうまくいくかどうか、浅見には自信はまるでなかった。

しかし、天海＝光秀説の話を聞いている過程で、それとはべつに、高橋権禰宜から、日光東照宮にまつわる、興味深い問題——それもきわめて現実的な色あいの濃い、むしろ生臭いといっていいような問題があることを教えられた。

それは、日光東照宮はいったい誰のものなのか——という、所有権に関わる問題だ。

天下の東照宮の存在を根底から揺さぶるような話が、創建から四百年近く経っている現代に起きているとは、信じられないような話であった。

その問題は輪王寺と東照宮とのあいだで、裁判沙汰にまでなった紛争で、三十年も以前から、ずっと燻《くすぶ》りつづけていたものらしい。要するに輪王寺側からの、日光東照宮の建物のうち五重塔など七棟の建物は輪王寺の所有物であるという主張が提示されたことに、紛争の端《たん》を発している。

といっても、門外漢には何のことやらチンプンカンプンだ。もちろん浅見にだって、輪王寺と東照宮がどういう関係なのか、さっぱり分からなかった。

「天海＝光秀説については、東照宮としてはわりと客観的に見ていることができるのですがね、輪王寺さんのほうはそうはいかないのですよ」

高橋権禰宜は語る。

「つまり、それはなぜかというと、輪王寺さんにとっては、天海は天台宗の偉人であるわけで、その天海が明智光秀なんかだったりしては、大いに困るし、俗説にしろ、そんな噂を立てられることは、あまり愉快ではないでしょうからねえ」

「あのオ……輪王寺っていうのは、そもそも何なのですか？」

浅見はおそるおそる、訊いた。

高橋権禰宜は、一瞬、ギョッとしたような目で浅見を見つめてから、笑いだした。

「なるほどねえ、われわれ当事者はその渦中にあるから、全世界の目がここに集中しているように錯覚しているけれど、世間一般の人たちにとっては、まったく興味の外にある問題にすぎないというわけですか」

「いいえ、そういうわけではなくてですね。僕がそういうことについて、まったくの無知なのです」

浅見は冷や汗をかいた。母親の雪江未亡人には何かにつけて「あなたの世間知らずには呆れますよ」と言われつけているから、またしても自分の無知をさらけ出したか——と恥じ入った。

「いやいや、そうではありません」

高橋権禰宜は優しい目で慰めて、東照宮—輪王寺間の紛争問題を語ってくれた。

それによると、輪王寺の言い分というのはこうだ。

——東照宮は家康の墓で、天台宗の僧侶《そうりょ》であるところの天海僧正が輪王寺の境内に建てたものであり、輪王寺のほこらのひとつである。したがって、本質的には東照宮の建物の所有権は輪王寺にある。

輪王寺というのは、テレビで必ずといっていいほど流される「強飯式《ごうはん》」でお馴染《なじ》みの寺だ。実業之日本社刊『ブルーガイドパック』によると、「輪王寺は約一二〇〇年前の奈良時代、勝道《しょうどう》上人によって開基され、慶長《けいちょう》時代に天海僧正が中興、今日の基礎ができた。神橋はその入口にあたる」と紹介されている。

ところが、高橋権禰宜の説明したところによると、この説明はおかしいことになる。

「江戸時代の東照宮は、確かに神仏混淆《こんこう》で祀《まつ》られていましたが、れっきとした神社です。当時は東照宮が中心で、中世までの満願寺《まんがんじ》の僧侶は東照宮の奉仕者として位置づけられ、奉仕者の責任者としては、天皇の子、つまり宮様を京都からお迎えして輪王寺宮という称号を戴いていたものです。輪王寺という寺号は、明治維新の神仏分離以後に満願寺を改称したものなのです」

この紛争は第二審で輪王寺側にはなはだしく不利な結果におわり、最高裁まで行ったものの、結局、昭和五十八年に和解で決着がついたそうである。

日光や天海を研究していると、こういったさまざまな副産物に出くわして、それなりの収穫があったといえないこともないのだけれど、肝心の天海＝光秀説の裏付け作業は、さっぱり進捗《しんちょく》しない。さすがの浅見も、ついにサジを投げたくなってきた。

浅見の報告を聞くと、『旅と歴史』の春日は渋い顔になった。

「そりゃ、浅見さんがだめだと思うなら仕方ないけどさ、一応ね、取材費もかけているわけだし、何か書いてもらわないと、原稿料だって払えないし、困るわけよね」

「原稿料はいいですよ。実費だけ貰《もら》えば文句を言いません」

浅見は殊勝《しゅしょう》に言った。どうせ春日のことだ、くれと言ったって出しっこないのは分かりきっていると思ったのだ。

「しかしさあ、そうもいかないでしょう」

珍しく春日は良心的なことを言った。

「大の男が何日もかけて、タダ働きっていうんじゃ、申し訳ないよ。ところでさ、もうひとつのほうはどうなの？　例の智秋家が明智光秀の末裔《まつえい》じゃないかっていう、あっちのほうは」

「しかし、それは天海が光秀だという仮定の上での話なのでしょう？　それが崩れた状態では、そっちはなおさらこじつけになってしまうにきまってますよ」

「こじつけでも何でもさ、とにかくそれらしく体裁さえ整えればいいんだから。それに、智秋家じゃ、このところ、何か事件らしきものが起きているらしいじゃない」

「えっ？……」

浅見は無意識に頬を歪《ゆが》めた。

「春日さん、知ってるのですか」

「知ってますよ、そのくらい。あれ？　いやだなあ、浅見さんそれじゃ、おれが知らないと思って、それで抜け駆けするつもりだったわけ？　ひどいよ、それ」

「いえ、そういうわけじゃないですよ。だけど、『旅と歴史』向きの話じゃないと思ったものだから」

「そういうことはね、おれのほうで判断するからいいの。とにかく浅見さんは、何かネタを持ってきてくれること。そうでないと、交通費だって出ないかもよ」

「あっ、それはないでしょう。ガソリン代だってばかにならないのだし。それに高速料金がね……」

「だったらネタ持ってきてよ。そしたら実費だなんてケチなこと言わないで、バンバン出しちゃったりするからさ」

そんなことはまるまる信じられない話だとしても、とにかくいまさら中途でやめるわけにいかない。浅見は本腰を入れて智秋家の秘密に迫るホゾを固めた。

しかし、そう思ったとき、浅見の脳裏には、日光署の前で言葉を交わした智秋家の令嬢の姿が思い浮かんだ。彼女のプライバシーに土足で踏み込むような取材にならなければいいが——と、後ろめたい気持ちがした。

2

日光署の藤沢刑事課長は浅見の顔を見ると、まるで疫病神《やくびょうがみ》にでも出会ったように、そっぽを向いた。

「どうも、その節は」

浅見はこれ以上は不可能なほど、満面に笑みを湛《たた》えて、課長の席に近づいた。

「ああ、どうも」

課長はきわめてそっけない。

「師走に入って、何かとお忙しいでしょう」

「忙しいですなあ」

それが分かっているなら、来なけりゃいいのに——という顔だ。

「智秋さんの事件は、その後、どうなりましたか？」

「ん？　ああ、まあ捜査中ですよ」

「手掛かりはあったのですか？」

「そんなこと、おたくさんに言うべき筋合いではないでしょう」

「はあ、それはそうですが……」

浅見は苦笑した。刑事課長の様子を見るだけで、捜査にまったく進展のないことは察しがつく。

「ところで、智秋さんが死亡したのは、たしか二年ほど前のことでしたね？」

「そうですよ」

「その際、智秋家からは捜索願いは出されたのですか？」

「もちろん出したそうですよ。智秋家のあるのは群馬県警の管轄ですからな、詳しい状況は知らないが、今回の事件で事情聴取をしたところ、そういう話でした」

「それで、どうだったのでしょう？」

「どうだったとは？」

「つまり、捜索活動は行なわれたのかどうかですね」

「そりゃ、ひと通りの手続きは行なったに決まっているでしょう」

「ひと通りといいますと、全国に行方不明人の手配書を送付するとか、そういったことでしょうか？」

「まあそうでしょうなあ」

課長はつまらなそうに言った。家出人の捜索だとか、行方不明者の手配などというものは、概《おおむ》ねおざなりな、いわばごく事務的な手続きでしかないケースが多い。もっとも、ただでさえ忙しい警察が、そんなことにかまけているわけにいかないという事情を考えれば、一概に責めることはできない。

「しかし、その程度だと、実効は上がらないのがふつうだと思いますが。警察はその捜索のために人員を割《さ》くような作業はしないのでしょう？」

浅見は一応、訊いてみた。

「まあ、正直なところ、そんなところじゃないですかね。人員があり余っているわけじゃないしね。そうそう効果がすぐ出るような方法ったって、ほかに……いや、あの場合は、すぐに反応があったのだったな」

刑事課長は思い出した。

「失踪して二日後だかに、山形県内に智秋さんの車が放置してあるのが発見されたという連絡があったのですよ」

「山形県ですか？　しかし、死体は華厳の滝でしょう？」

「そう。だからね、どういうことなのか、目下、その件についてもいろいろと調べておるわけですよ」

「調べるも何も、死体がこっちで車があっちだとなれば、犯行現場はここで、犯人は車を盗んで逃走した——つまり殺人強盗事件ということは、はっきりしているのじゃありませんか？」

「素人さんはね、それだから困る。そういう状況だから、ただちに殺人事件であるとは特定できんでしょうが」

刑事課長は笑った。

「まあ、短絡的かつ常識的にいえばそうなるが、しかし警察は、いろいろな場合を想定するわけですよ」

「いろいろな場合といいますと?」

「たとえば、車は犯行に関係なくて、単にそこに放置してあったので失敬したとか、まあそういったことですな」

「あ、それは智秋さんの死が自殺であると仮定した場合のことですね?」

「そういうことですな」

「そうすると、智秋さんに自殺の動機なり、可能性があったというわけですか?」

「いや、そうとは言っておりませんよ」

「では自殺ではなかったと……」

「しつこいですなあ、あんたも」

課長は鼻を中心に、皺《しわ》を作った。

「まだね、死体が発見されてから半月しか経っていないのだから、そうそうはっきりした目処《めど》がついているはずがないでしょうが。それに、警察が摑んだことを、おたくさんたちにいちいち発表はできんですよ。発表できることはすべて新聞に発表してあります。今後もそういうことです。では忙しいので、この辺でお引き取り願いましょうか」

まるで蝿《はえ》でも追い払うような手つきで、玄関の方角を示した。

浅見は日光署を出たが、途方にくれたというわけでもなかった。刑事課長は「新聞に発表してある」と言っていたのだ。その新聞記事を、事件発生当初のものを別にすれば、浅見はまったく見ていない。——というより、おそらく東京版の紙面には、あの事件のその後に関する記事は、まったく掲載されなかったのだろう。

浅見は名刺を頼りに、今市市にある「K」通信社の支局を訪ねた。新聞販売店の一角を事務所にしたような、侘《わび》しいたたずまいだ。ドアを開けて入ったすぐのところがコンクリート床の事務所になっていて、デスクが四つ置いてある。しかし人気《ひとけ》はなかった。

「ごめんください」

奥のほうへ向かって声をかけると、「はーい」と呑気《のんき》そうな返事がして中年の女性が出てきた。人の好さそうな、ポッテリとしたおばさんであった。彼女が早川支局長夫人にちがいない。

「早川さんはお留守ですか？」

「ええ、ちょっと出ておりますが、お急ぎでしたら、すぐに呼びますけど。どちらさまでしょうか？」

「こういう者です」

浅見は名刺を出した。

「あらあら、東京からみえたのですか。そしたら、すぐに呼びますので」

早川夫人は電話でどこかへ連絡していたが、その電話を置いて「まったくしようがないんだから」と呟いた。

「ちょっとお待ちください。まもなく戻って参りますので」

こっちへ向けた顔は笑顔になっている。

「どこか、お仕事ではないのですか？」

「いいえ、仕事なもんですか。これですよ、これ……」

親指を三、四度、動かしてみせた。

「あ、パチンコ……」

「そうなんですよ。すみません、ちょっと掛けてお待ちください」

恐縮そうにして、お茶や菓子を出してくれた。それでも、思ったより早く、早川は戻ってきた。

「ああ、あんたでしたか」

早川は浅見の顔を憶えていて、ややあと照れくさそうに笑った。

「申し訳ありません、お楽しみのところをお呼び立てして」

「いやいや、ちょうどよかったのですよ、踏ん切りがついてね。これ以上やってると、カモになるところだった」

早川は収穫の紙袋を、誇らしげにテーブルの上に載せてみせた。

「で、今日は、何か？」

「はあ、例の智秋さんの事件のことなのですが」

「ああ、あれね。じゃあおたく、あれを調べているのですか？　わざわざ東京くんだりから来るということは、よほど興味を持ってるってことかな？」

「いや、そういうわけじゃないのですが、たまたま、こっちに来る用件があるものですから」

「ふーん……」

早川はいくぶん、疑わしそうな目になっている。

「じつは、本来の目的は、天海僧正のことを調べているのです」

浅見は真顔で、天海=光秀説の調査をしていることを話した。これは本当の話だから、説得力がある。

「ほう、そういう説があるんですか」

早川は感心したように頷《うなず》いた。

「そういえば、明智平なんてのがあるな」

「そうなんです。しかし、明智平についても光秀とは関係がないという説がありまして、思ったようには、なかなかうまくいきませんが……」

浅見は正直に、落胆ぶりを見せた。

「それで、ついでと言うと語弊《ごへい》がありますが、智秋さんの事件のこともどうなっているのかと思いまして」

「なるほどねえ、転んでもただでは起きないというやつですか。しかし、こっちのほうも大した進展はないですよ。日光署へ行って聞けば分かりますがね。さっぱりですな。自殺なのか他殺なのかさえ、いまだに結論を出せずにいるくらいだから、こりゃ、とてものこと、進展どころか、そのうちにモヤモヤッとして、幕引きってことになるんじゃないかと思いますよ」

「それじゃ、警察はあれからこっち、まったく何もしていないのですか？」

「いや、いくら田舎警察でもそんなことはありませんがね」

早川は、おのれの長い「田舎暮らし」を自嘲《じちよう》する口振りで言った。

「日光署にも一人、なかなか優秀な刑事がいましてね。まだ若いが、けっこう執念深いやつなのです。それで、葬式のときに、ちょっと面白いことを聞き込んできて、それをこっそり話してもらったのだが……」

早川はちょっと口籠《くちご》もった。もったいをつけるというより、話すべきかどうか、迷っている様子だ。

「じつは、これは新聞ネタにはなっていないんですがね。死んだ智秋次郎の短歌仲間っていうのか、同好の士っていうのか、そういうのが何人か葬式にやって来て、その一人が話したところによると、智秋氏は失踪する――つまり、死ぬ何日だか前にその人と電話で話をしているというのですな」

そこで早川は、もう一度、話していいものかどうか、躊躇《ためら》っている。

浅見はじっと早川の口許《くちもと》を見つめて、待った。

「その電話で、智秋次郎はこう言ったというのです。『日光で面白いものを発見した』とか、そういうことをですな」

「日光で面白いものを発見した――ですか」

「そう、そういうこと……まあ、古い話だから、正確に憶えているわけじゃないでしょうがね。とにかくそんなようなことを言っていたらしい」

「何を見たのか、それは分からないのでしょうか？」

「分からないんですな、それが。もちろん、そのことが事件に関係しているのかどうかだって、分かりゃしないのです。それで警察も公式には発表もしないし、新聞も活字にするほどのこととは思っていないわけだが。しかし、いままで出た話の中では、それぐらいしかないのでしてね。つまりその、注目すべき発見というのが、です」

「はあ……」

浅見は早川の言った「日光……」を頭の中で反芻《はんすう》してみたが、何のことやら、むろん見当がつくはずもない。

「早川さんは、智秋家の人々には取材なさったのですか？」

「しましたよ、しましたがねえ、どうもガードが固くて……というより、あそこの連中自体、何も分からないんじゃないのかな。だってね、とにかくその死んだ次郎っていう人物が、私も知ってるけど、まったく無欲恬淡《てんたん》、人畜無害っていう感じの男でしてね。殺されるような背景も、もちろん自殺するような要素も何もないわけですよ」

「しかし、その人が死んだのは事実なのでしょう？　まさか替え玉ということはないのでしょう？」

「ほほう、あんたもなかなか鋭いところを見ていますな」

早川は感心したように浅見を眺めた。

「替え玉説というのもね、警察内部でも論議されたらしい。しかし、決め手がないのですよね。むしろ本人だとするほうが無理がない。だってそうでしょう、人畜無害の男が、どうして替え玉なんかを使って殺人を犯す必然性がありますか？　だから、あの死体は智秋次郎本人だと考えて、まず間違いないですね。私の永年の経験から言っても、その点だけは信じてもよろしいですぞ」

早川はやや芝居がかった言い方で、断言した。

「その、智秋さんの車が発見された場所ですが、山形県のどこなのですか？」

「ええと、あの車の件については、たしか酒田《さかた》警察署から照会があったのじゃなかったかな？　そうそう、酒田ですよ。日本海に近い道路脇にある、ドライブインの駐車場だった。実際、行ったわけじゃないから、詳しいことは知らないですがね」

山形県酒田市――。

浅見は行ったことのない土地だ。ただ、何かの本で「酒田の地吹雪《じふぶき》」という言葉を読んだことがある。雪が上から降らないで、地面を揺るがせるように、むしろ地上の雪を舞い上げて吹雪《ふぶ》くのだそうだ。

浅見の脳裏には、日本海沿岸の荒涼とした冬の風景が、想い描かれた。白一面の風景の中をカラスが一羽、吹き飛ばされてゆくのを見たような気がした。

「そこには、智秋さんは土地鑑《とちかん》があったのでしょうか？」

浅見は訊いた。

「いや、まったくないというのが智秋家の連中の言い分ですよ。もっとも、本当のところは本人に訊いてみなきゃ分かりませんがね。それにしても、あんなところになぜ車があったのか、妙な話ではありますな。もし詳しいことを知りたければ、直接酒田署にでも問い合わせるか、それとも智秋牧場に行って聞いてみたらいいんじゃないかな」

「はあ、智秋牧場ですか」

「そう。智秋次郎は牧場に住んでいましたからね。それに、あそこにはまだ、社長の娘さんもいるんじゃないかな。朝子っていうんだが、このお嬢さんが、なかなかの美人でしてね」

「そのお嬢さんなら、一度会ったことがあります」

「ああそうなの。美人だったでしょう。しかしものすごく気が強い。親父さんの社長はおとなしい人なんだけど、どっちかというと先代——いまの会長そっくりですな。あれはトンビがタカを生んだという評判ですよ」

早川は愉快そうに笑った。浅見もあのときの娘の、タカのような鋭いまなざしを思い出していた。

3

智秋牧場を囲む柵《さく》のゲートは閉ざされていた。牧場内の土地は、一週間ばかり前に降った雪が、斑《まだら》模様《もよう》のようにところどころ残っているけれど、それ以降はずっと暖かだったせいで、土や黄色く枯れた草地の露出した面積のほうが広い。

柵の向こうには、むやみに大きいだけで無骨な木造の建物がある。牧場のどこにも人や馬の姿は見えないが、煉瓦《れんが》づくりの煙突からは、青白い煙が出ている。人が住んでいることだけはたしかなようだ。

浅見は柵の外に車を置いて、ゲートの脇の隙間《すきま》のようなところを抜けて、建物に近づいた。

浅見が建物の入口に達する前に、ガラス戸を開けて男が出てきた。おそらく車の音を聞いた時点から、こっちの様子を窺《うかが》っていたにちがいない。

「どなたさん？」

そう大柄ではないが、髭面《ひげづら》が強そうに見える若い男だ。胡散臭《うさんくさ》い目でこっちを見つめながら、ぶっきらぼうに訊いた。競走馬の飼育をしているだけに、いろいろ秘密めいたものもあるのだろう。外部から来る人間は警戒するように言われているのかもしれない。

「東京から来た浅見という者ですが、こちらにいらっしゃる、智秋さんのお嬢さんにお会いしたいのです」

「ああ、お嬢さんのお客さんですか」

若い男の態度が、少し変わった。ガラス戸を指差して「どうぞ」と言った。

ドアを入ったところは広い土間になっている。壁や土間の床には、牧場で使うさまざまな道具類が置かれ、何か工作でもするのだろうか、作業台のようなものもあった。

その奥に四枚の板戸がある。全部開けると五メートルほどになりそうだ。

右手のほうにはガラスのはまったドアがあり、その向こうはどうやらオフィスらしい。

青年は板戸を開けて浅見を先に入れた。

むっとするような暖かい空気だった。左手の壁に暖炉が仕切られ、太い薪《まき》が何本も突っ込まれ、パチパチとはぜながら燃えている。

部屋の広さはおよそ五十畳分ほどもありそうだ。ここの床は板である。手前は何も置いてない空間だが、暖炉近くには応接用の椅子《いす》とテーブル。右手には食事用のテーブルセットが置かれてある。どうやら、通過してきた土間はいわば風除室の役目も兼ねていて、この部屋が本来的には玄関とリビングルームをミックスした用途に使われているような印象だった。

部屋には男がもう一人いて、入ってきた浅見を意識したように、立ち上がった。四十過ぎかという年齢の、がっちりしたタイプだ。

「場長、お嬢さんにお客さんです」

案内してくれた青年が伝えた。

浅見は名刺を出した。場長は「添田といいます」と挨拶をしてから、ちょっと首をひねった。

「以前、どこかでお会いしませんでしたかねえ？」

「ああ、それでしたら、日光署の前でじゃありませんか？ あのときは暗かったもので、はっきりお顔を見ていませんが、僕もお会いしたような感じがします」

「はあ……警察署の前、でしたか……」

添田はあらためて浅見の名刺に視線を落とし、何も肩書が印刷されていないのに困惑した表情になった。

「あの、失礼ですが、お嬢さまとはどういったお知り合いなのでしょうか？」

「それは……」

浅見が何と言って答えようかと、戸惑いながら口を開きかけたとき、かすかな足音がして「添田さん」という声と同時に、正面のドアが開いた。

智秋朝子であった。

「あら、お客さま?」

朝子はドアのところで立ち止まって、浅見を見て、もう一度「あら」と言った。

「あなたは、あのときの……」

「どうも、その節は」

浅見はひと懐《なつ》こい笑顔で、ピョコンと頭を下げた。

朝子もつられて軽く頭を下げたが、浅見がなぜそこにいるのか理解できずに、添田の顔と交互に見比べるようにした。

その雰囲気から、添田は浅見が「招かれざる客」であることを敏感に察知したらしい。

「お嬢さまにご用とおっしゃってますが」

口調は丁寧だが、言外に「いかがしましょう?」という意味を籠めている。場合によっては追い返すことも辞さないということのようだった。

「そうね……」

朝子は一瞬の躊躇《ためら》いを見せてから、思い返したように「ともかく」と髭の若者に向けて声をかけた。

「宮下さん、お茶を差し上げてちょうだい」

浅見には応接セットの椅子を示し、自ら先にソファーに座った。

「どうぞ、お掛けになって」

浅見よりは十歳近くも下のはずなのに、堂々たる淑女ぶりだ。乗馬服が威圧感を与えるせいかもしれない。少し反《そ》りぎみに膝《ひざ》を組んだポーズの朝子と、真正面に対してみると、浅見はなんだか、SMの世界に入り込んだような、倒錯した気分になった。

この建物の中には、朝子以外に女性はいないらしい。先刻、「宮下さん」と呼ばれた青年が、彼のタイプにそぐわないポーズで紅茶を運んできた。銀製の盆の上にマイセンのティーセットが載っていて、これまた周囲の情景とは強烈な違和感を醸《かも》し出した。

「ご用件は何でしょうか？」

ゆっくりとお茶を味わってから、朝子はおもむろに訊いた。

「じつは智秋次郎さんの事件のことについてですが……」

浅見が言いかけると、サッと掌を立てて制止した。

「そのお話でしたら、おやめになって。すべて警察にお任せしてあるのですから、私たちに取材しようとなさっても、何も申し上げることはありませんので」

浅見は苦笑した。

「いえ、これは取材ではないのです」

「はあ、では何ですの？」

「事件のことを調べたい……つまり、捜査、と申し上げたほうがいいでしょうか」

「捜査ですって？　あの、警察がやる、あの捜査ですか？」

「ええ、そうです」

「でもあなた、警察とは関係のない方なのでしょう？」

朝子は名刺を眺めて、言った。

「ええ、警察とは別個に、単独で捜査をしたいと思っています」

「というと、つまり、私立探偵の方？」

「まあそうですね。僕の本業はフリーのルポライターですが、ときどき私立探偵もどきに変身するのです」

「だったら、なおのこと、お引き取りいただきたいわ。うちでは探偵さんに依頼するつもりなんか、毛頭ありませんもの」

「いえ、勘違いなさらないでください。僕は探偵業の押し売りに来たわけじゃないのですから。つまり、ギャラを戴くとか、そういうことではなく、単なる趣味……というと叱られますが、好奇心、いや、どう言えばいいのかなあ……」

「お帰りになって」

突然、朝子は立ち上がった。同時に、部屋の反対側の隅に待機していた場長の添田が近づいてきた。

「趣味だとか好奇心なんかで、私たちの悲しい気持ちを玩《もてあそ》ばないでいただきたいわ」

朝子の険しい目が、浅見をまともに睨みつけた。

（これでムチでも構えると、いよいよＳＭの女王だな――）

困惑の中で、浅見はばかげたことを考えていた。

「いや、そういうふうにお取りにならないでください」

浅見は座ったままで、反論した。

添田が浅見の脇に立って、慇懃《いんぎん》な仕種《しぐさ》で腕を摑んだ。

「どうぞ、お引き取りを」

言葉は丁寧だが、拒否することを許さないものを感じさせる。

「ええ、引き揚げます。しかし、その前にひと言だけ言わせてくれませんか」

「お引き取りをと言っているのです」

添田は繰り返した。

「ひと言だけと言っているのです」

浅見も負けずに言い返した。

とたんに、腕を摑む手に、苦痛を感じるほどの力が加わった。

「添田さん、ちょっと待って。ひと言ぐらいなら聞いてあげましょう」

朝子が寛大さを誇示するように、言った。

「はあ」

添田は腕を放した。

「どうぞ、おっしゃりたいことを聞かせてください」

「ありがとうございます」

浅見は腕をさすってから、言った。

「智秋次郎さんの車がなぜ山形県にあったのか。そのことを警察はどう説明しているのでしょうか？」

「…………」

朝子は添田と顔を見合わせた。

「何も説明していないのでしょう？　それはなぜだと思いますか？」

「分かりません。なぜなのですか？」

「答えは簡単です。警察はその理由が分からないのです。いや、理由を聞けば、まちがいなくこう答えるでしょう。『もっか調査中です』とね。しかし、いくら待っても、いつまで待っても、警察には答えは出せませんよ、きっと」

「どうしてですか？」

「要するに、そういう能力がないからです。警察や刑事は、集めたデータを分析したりする能力はあるかもしれないけれど、何もデータがないところから、ひとつの仮説を作り上げることが、きわめて苦手なのです。だから、山形県に車が放置されていたという事実からは、せいぜい生み出したとしても、ごく常識的な推論しか引き出せないはずです。しかも、その推論なるものはたぶん、まったく的外れもいいところでしょうね」

「じゃあ、あなたはちゃんとした仮説を樹《た》てることができるって、そうおっしゃるのですか？」

「まあね。少なくとも、警察が考えた倍ぐらいの推論は考え出せますよ」

「ほんとに？」

「本当に、です」

「だったら、その推論というのを聞かせていただきたいものだわ」

「だったら、僕が捜査に参加することを了承していただきたいものです」

浅見はやり返した。朝子はおかしそうに笑った。

「それは、その推論の内容によりけりですよ。愚にもつかないことだったりしたら、詐《さ》欺《ぎ》同然じゃありませんか」

「ははは、詐欺はひどいなあ……」

浅見も笑ってしまった。

「笑いごとではありませんぞ」

添田が脇から、四角張った声を出した。

「警察の悪口を言うなら、それなりのものがあるのでしょうな。もし、いいかげんなことであったりすれば……」

「あったりすれば、どうするのですか？　叩き出しますか？」

浅見は面白そうに訊いた。

「ああ、ことと次第によってはです」

「しかし、おかしな話ですねえ」

浅見は添田に向けていた視線を、朝子の顔に戻して、言った。

「智秋次郎さん——あなたの叔父さんの死の謎を、警察に代わって解き明かして差し上げると言っている人間を掴まえて、詐欺だとか叩き出すだとかいうのは、ちょっとひどいとは思いませんか？」

「それは……」

さすがに朝子も気がさしたためか、言葉をとぎらせた。

「それは、もしあなたの善意や親切をまるまる信じることができれば、とてもありがたいことだと思いますけれど……」

「でしたら、信じればいいではありませんか」

浅見はこともなげに言った。

「そう思いますけどね」

添田は朝子に、騙《だま》されてはいけません――という目くばせをした。

「今度の事件が起きてからこっち、いろいろ親切ごかしに言ってくる人が多いのです。あんたもその一人でないという証拠はありませんからねえ」

「お気の毒なことです」

浅見は軽く頭を下げて同情を示した。

「叔父さんを亡くされたこともお気の毒ですが、それよりも、人間を信じられなくなったことのほうが、ずっとお気の毒です」

浅見はゆっくりと立ち上がった。

「財産や土地は、いちど失っても取り戻すことができますが、失った人と失った心は、もはや取り戻せませんからね」

言い終わると、もういちど頭を下げて、朝子に背を向けかけた。

「待ってください」

朝子は鋭い声で呼び止めた。

「そういう捨て台詞《ぜりふ》みたいなことを言われたままで、お帰しするわけにはいきませんわ。それに、お話はまだ終わっていないじゃありませんか。警察より進んだ推論があるというのを、ぜひ証明してみせてください」

「では、僕のことを少しは信用する気になってくださったわけですね？」

「え？　ええ、まあ……」

「ははは、あまりすっきりとはいかないみたいだけれど、それはやむを得ませんよね。では、お言葉に甘えさせていただくことにしましょうか」

浅見は皮肉まじりに言ってから、椅子に座り直した。

「それではまず、智秋次郎さんの車があった正確な位置を教えてくれませんか」

「えっ？　じゃあ、あなたは、まだそんなことも知らないんですか？」

朝子の表情に、折角消えかけた不信の色が、たちまち戻ってしまった。

「ええ、知りませんよ」

浅見は平気な顔で言った。

「ただ、山形県の酒田付近ということは聞いていますけどね」

朝子は「呆れた――」と言いたそうに、首を横に振ってから、添田に言った。

「それじゃ添田さん、あなたから説明して差し上げて」

添田はあまり気乗りのしない顔だったが、朝子の命令に従って、山形県の地図を持ってきた。

すでに刑事やら報道関係者やらに、何度も説明を求められている。そのつど開いては見せ、開いては見せするので、地図はかなり傷《いた》んでいて、折り目のところが裂《さ》けていた。

「私が車の確認と引き取りに行ったのですが、車はここにありました」

添田の節くれだった指は、山形県の北部の海岸に近い辺りを示した。

「西浜《にしはま》海水浴場」という文字が、まず目に入った。一帯は砂浜らしい。その海岸線に沿って酒田から北へ、国道七号線が秋田方面へ向かっている。

「飽海《あくみ》郡遊佐《ゆざ》町の比子《ひこ》というところです。ここの、海岸を走るバイパスに面したドライブインの駐車場に、先生の車はありました」

「この辺りは、いま頃の季節は吹雪だと思いますが、その頃はどんな風景でした?」

浅見は訊いた。

「あれは一昨年の秋で、まだそう寒い時季ではなかったです。それでも、日本海から吹く風は湿っていて、いまにも雨になりそうな感じでした。この辺は昔、砂丘みたいに、内陸に向かって砂が押し寄せていたところだそうです。何とかいう先覚者が、松を植えて防風林にしたために、いまでは稲作地帯になっているのですが、それでも海岸付近はやはり砂地が広がっていますね。その防風林を縫うようにして、国道七号線が通っていましてね。ちょっと湘南海岸の茅ヶ崎《ちがさき》辺りを連想させました」

添田はそのときの印象を思い浮かべる目になって、煤《すす》けた天井を見上げた。

「ドライブインの人に話を聞いたりしたのですか？」

「ああ、もちろん聞きましたよ。しかし、手掛かりになるような話は聞けませんでしたね。いつ、どういう人物がそこに車を停めたのか、ぜんぜん目撃者がいないのです。たぶん夜中のうちに来て、車を置いて立ち去ったのだろう——ということでした」

「なるほど……そうすると、その人物は歩いて立ち去ったのでしょうかねえ」

浅見は最寄り駅を探した。そこからの最寄り駅は、羽越線《うえつせん》の「南鳥海《みなみちようかい》」という駅であった。

「鳥海……」

浅見の視線は、自然に地図の右上方にある鳥海山に向かった。

4

鳥海山はいうまでもなく秋田と山形の県境にある名山である。秋田県側からは「秋田富士」。山形県側からは「出羽《でわ》富士」と、それぞれの見る側によって愛称が異なる。

その程度の知識は浅見にもあったが、実際に鳥海山の姿を見たことはない。

地図の上で見るかぎり、まさに富士山のように裾野《すその》の広い山であることが想像できた。なぜなら、山頂を中心に海岸線近くまで、地図上にこれといった大きな集落はなさそうだからである。いわば空白の大地が広がっている——という感じだ。

地名らしきものはポツリポツリと点在しているだけで、あとは有料道路「鳥海ブルーライン」をはじめとする登山道が数本。そして頂上付近から四方八方へ流れ落ちる沢筋が描かれているだけだ。

空白の中の活字だったせいだろう。浅見の目に「月光川」の文字が飛び込んできた。

「月光川というのがありますね」

浅見はその位置を指で示しながら、言った。添田と朝子も、反射的に覗き込んだ。

鳥海山の最高地点は、二千二百三十メートルの「新山」と称《よ》ばれる山だ。そのすぐ近くに「大物忌神社《おおものいみ》」というのがあって、その南西側の谷は「月山森《がっさん》」と称ばれるらしい。そこを源流とする川が「月光川」であった。

「なるほど、日光でなくて月光ですか」

添田は感心したように言った。

「そうなんですよね。これがもし日光川だったら、何か意味があるのかもしれないと思ったのですけどねえ」

浅見は残念そうに言った。

「しかし、月光があるのだから、ひょっとすると日光川というのもあるかもしれません。仏像だって、月光菩薩《がっこうぼさつ》に日光菩薩と対になっていますからね。名前をつける際には、そういう傾向があるものです」

浅見は言いながら、月光川周辺の川の名を確かめていった。

鳥海山から流れ落ちる川で、山形県側にあるのは、洗沢川、高瀬川、熊野川、草津川、荒木川……等々である。

「ありませんねえ……」

落胆して地図から目を放しかけた瞬間、浅見は「日向川」という文字を発見した。鳥海山の裾野を東から西へ左から巻くように流れる川で、その辺りは集落も多く、ゴチャゴチャしているために、活字を読み取るのに苦労する。

日向川は草津川と荒木川など、十近くの沢や川を集めて日本海へ注ぐ川であった。北の月光川（河口付近では吹浦《ふくら》川と呼ぶ）に匹敵するか、あるいはそれ以上に大きな流れのようだ。

「これ、もしかすると『ニッコウ』と読むのじゃないですかね？」

浅見は添田を見返って言った。

「さあ？……」

添田は首をかしげた。

「ふつうだと、『ヒュウガ』って読みそうですけどねえ」

「ちょっと、訊いてみましょうか。電話、使ってもいいですか？」

浅見は了解を得て、室《へや》の片隅にある電話に向かった。番号を調べ、山形県飽海郡遊佐町役場に問い合わせると、案の定、「日向川」は「ニッコウがわ」と発音するそうだ。

「昔の修験者《しゅげんじゃ》たちが、鳥海山から流れ出る大きな川さ『月光』『日光』と名付けたらしいですな。そん頃は日光——つまり、日の光と書いたのではないかと思いますが、いまは日向と書いております」

役場の商工観光課職員は、訛《なま》りのある口調で説明してくれた。

「日向川は車のあったドライブインの、すぐ近くを流れて、日本海に注いでいますね」

浅見は地図に戻って、その事実を確認すると、やや興奮ぎみに言った。

「はあ、そうですねえ……」

添田は困惑ぎみに、しきりに首をひねっている。

「仮に、その川がニッコウと読むにしても、そのことと先生の車がそこにあったことと、何か関係があるのでしょうか？」

「それはこれから調べればいいですよ。それに、智秋次郎さんは、短歌の仲間のひとに、『ニッコウで面白いものを発見した』と報告しているそうじゃありませんか。そして車がニッコウという名前の川の傍《そば》に放置してあったのですから、それだけでも充分、注目に値しますよ」

添田は朝子と顔を見合わせた。

「それは、お葬式のあとの宴会の席で、どなたかが言ったことでしょう？　浅見さんはそんなことまで調べ上げているのですか？」

朝子はいくぶん非難の意志を籠めて、言った。

「ええ、一応は予備知識として、その程度のことは仕入れてあります」

「警察はそういうことまで公表してしまうのかしら」

「いや、警察で聞いたことではありません。といっても、ニュースソースはあくまでも秘密ですけどね。ところで、もう一度お訊きしますが、智秋次郎さんが、山形県のその付近に、何か特別な関係があるということは、まったくご存じないのですね？」

「知りません」

朝子も添田も、大きく頷いてみせた。

「そうですか……そうすると、そこに『ニッコウ』という川があったことも、あくまでも単なる偶然にすぎないということなのですかねえ」

「だと思いますけど……」

浅見は未練そうに地図を眺めていた。脳裏には、ふたたび、まだ見たこともない山形の冬の風景が浮かんでくる。日本海から吹きつけるという、地吹雪のゴウゴウという音までが聞こえてきそうだ。

「行ってみますか」

浅見は呟いて、立ち上がった。

「行くって……山形へいらっしゃるのですか？」

朝子は目を丸くした。

「ええ、そうしようと思います」

「でも、あの、行くって、いろいろと費用がかかるでしょう?」

「もちろんですよ……ああ、ご心配はいりません。べつに、智秋さんに旅費を請求したりはしませんから」

「当たり前です」

添田が言った。

「何もこちらでお願いする仕事ではないのですからね」

「でも……」

朝子は眉をひそめて、添田を見てから、言った。

「そんなにまでして、どうして?」

「ですから、それは好奇心を満足させるためだと言うしかないです。人間は好奇心の動物ですからね。そのためには、高い金を払って、おまけに飛行機の恐怖に耐えて、外国にまで出掛けて行く人だっているわけでしょう。それに較べれば、山形なんて、ほんの地続きですよ」

浅見はニッコリと白い歯を見せて、お辞儀をした。

「では失礼します。いずれまた、そのご報告にお邪魔すると思います」

朝子は浅見の背を見てから、ようやく立ち上がった。何か意表を衝《つ》かれたような、一種の虚《むな》しさのようなものを感じていた。次郎叔父が失踪して以来、ずっと抱きつづけていた、さまざまな人やものに対する不信感が、春の淡雪《あわゆき》のように溶けてゆくのを感じた。肩をいからせ、肘《ひじ》を張って、公三叔父たちに対抗しようとしてきた日々が、いつのまにか、自分をいやな女にしてしまっていたことを思わないわけにいかなかった。

浅見を送り出して、添田が戻ってきた。

「おかしなヤツでしたね」

テーブルの上のものを片づけながら、笑って言った。

「そうね、おかしな人ね。でも、ちょっと羨《うらや》ましい気がしないでもないわ」

「はあ……羨ましい、ですか？」

「ええ、少なくともあの自由さは、私たちにはない財産だわ。私たちはいかにも、いろいろなことに縛られすぎてますもの。まるで、牧場の中の馬たちみたいに」

「そんな……」

添田は目を丸くして反論した。

「しかし、たとえそうだとしても、お嬢さまはサラブレッドですから」

「それはね、たしかに、世間からみればサラブレッドかもしれないけれど、所詮《しょせん》は同じ一生よ。財産だとか、権勢だとかいうドロドロした世界で生きるのも一生なら、あの人みたいに、自由に飛び回って生きるのも一生。どちらがいいのかは分からないけれど、ああいう生き方もあるっていうこと、私は忘れかけていたわ」

「それは隣りの芝生というものではないのでしょうか。あの男から見れば、お嬢さまの……、いえ、智秋家のことは高嶺《たかね》の花に見えているにちがいありません」

「そうかしら。私はそんなふうには思えなかったけれど」

(そうだ――)と、朝子はふと気がついた。あの浅見という青年に、朝子は次郎叔父の面影《おもかげ》を見たような気がしたのだ。風貌《ふうぼう》や仕種などはまるで違う。叔父は浅見よりずっと逞《たくま》しく、そういう意味からいえば、はるかに男性的だった。

しかし、考え方は、もしかしたらそっくりだったのかもしれない。

次郎叔父は牧場に住んで、それこそ世界に羽ばたく気など、毛頭ないような、気儘《きまま》な暮らしをしていたけれど、ものに囚《とら》われない自由さは、世界どころか、宇宙の境界線さえも越えていたように思える。

朝子自身、そういう叔父が好きで、牧場の暮らしが好きだったはずではなかったか。それがいつのまにか、自由さやのびやかさを失って、かたくなな心の持ち主になってしまったのではないだろうか。

「あの人、もう一度、ここに来るかしら」

朝子は独り言のつもりで呟いた。

「来るんじゃないですかねえ。しかし、今度は追い払ってやりますよ」

添田は忠実な番犬のような目をして、朝子に答えた。

「えっ？　それはいけないわ」

朝子は慌てて言った。

「たとえどういう話を持って来るにしても、門前払いみたいなことだけはしないでちょうだい。いいわね」

「はあ……それは、お嬢さまがそうおっしゃるのなら……」

添田は心配そうに朝子の顔を窺《うかが》った。

そのとき、ゲートの方角で車の停まる音がした。添田が窓から覗いて、「パトカーです」と言った。

「何か、事件のことで分かったのでしょうかねえ？」

言いながら迎えに出た。

しかし、客は捜査本部のある日光署の刑事ではなく、所轄の沼田警察署の片岡《かたおか》という警部補と、あとは見知らぬ顔の私服が二人だった。

「どうも、お邪魔します」

片岡警部補は丁寧に挨拶した。智秋家は警察にとってはＶＩＰ扱いをしなければならない対象である。その令嬢ともなると、疎略《そりやく》な態度を取るわけにいかない。

「こちらのお二人さんは、静岡県警の刑事さんでして、ある事件のことで、智秋家の方にお話をお聞きしたいのだそうです」

「あら、それでしたら、私より叔父のほうがよろしいと思いますけど。いまホテルのほうに滞在中ですし」

「いや、それはもちろん、先程、伺いまして、お話を聞いてきたのです。それで、むしろその件に関しては、お嬢さんのほうが詳しいのではないかと言われたものですので、こちらにお邪魔したようなわけで」

「私が？　詳しいって、どういうことかしら？」

「本来なら、智秋次郎さんにお訊きするのがいちばんなのですがね。残念ながらそういうわけにいかない以上、お嬢さんが最適任者ではないかという……」

「次郎叔父が関係したお話なんですか？」

「いや、関係したというと、ちょっと語弊があるかもしれませんが……ま、とにかくこちらさんのお話を聞いてあげてください」

朝子は三人に、ついさっきまで浅見がいたテーブルの椅子を勧めて、話を聞く態勢になった。添田も少し離れたところに佇《たたず》んで、気掛かりそうにこっちを見ている。

静岡県警から来たという男は、それぞれ「静岡県警察本部捜査一課巡査部長　吉田隆夫《よしだたかお》」「大仁《おおひと》警察署刑事課巡査長　伊原義明《いはらよしあき》」という名刺を出した。

「じつは、先日、大仁署管内で殺人事件がありまして」

吉田部長刑事が口を開いた。

「殺されたのは山田俊治《としはる》という人物なのですが、ご存じありませんか？」

「山田さん……というと、どういう？」

「こちらでお葬式があった際に、参列されたそうなのですがね」

「あ、あの方かしら……短歌をなさる」

「そうそう、短歌の方面で、智秋次郎さんと親交があったということでした」

「じゃあ、その、山田さんが殺されたのですか？」

朝子はふいに恐怖にかられて、思わず上擦《うわず》った声になった。

「はあ……」

第三章　西伊豆《にしいず》殺人事件

1

山田俊治の死体が発見されたのは、修善寺《しゅぜんじ》町から土肥《とい》町へ抜ける、国道一三六号線の土肥峠付近の山林である。

土肥は、天正《てんしょう》五年（一五七七）に金山が発見されて以来、質・量ともに日本一の金の採掘場であった。値打ちの高いことで知られる慶長《けいちょう》小判は、ここの金を用いたもので、かつては幕府の直轄領として繁栄した。

じつは、土肥の温泉はもともと金を採掘する過程で、偶然、掘り当てられたものだ。

現在の土肥は、西伊豆屈指の温泉と、豊富な海の幸《さち》で知られる、観光の町である。しかし、この土肥温泉にも、かつては悩みがなくはなかった。達磨《だるま》山から南へ連なる山塊に阻《はば》まれ、長いあいだ、他の西伊豆海岸一帯とともに、さながら陸の孤島のように遠隔の地と思われていたのである。

実際、土肥峠を越えて来る修善寺からの道は、坂とカーブの多い難所だった。沼津から出ているフェリーが四十分で行くとはいっても、季節風の強い冬は、どうしても観光客には敬遠されがちであった。

その達磨山山塊の下を抜けるトンネルが掘られ、西伊豆バイパスが完成したいま、土肥には修善寺から車で、わずか四十分で行けるようになった。

ところで、当然のことながら、峠を通る旧道は、西伊豆バイパスができてから、一般のドライバーはほとんど利用しなくなった。山田俊治の死体を発見したのも、いわば物好きな連中によってである。この日、たまたま峠付近を通りかかった、若いオートバイマニアのグループが、現場でひと休みして、そのうちの一人が小用をしようとして、道路脇の谷に、無造作に投げ捨てられた状態の死体を発見したというわけだ。

山田は土肥町の漁業組合に勤める、ことし五十四歳、定年までそう間のない職員であった。趣味は旅行と短歌をつくることぐらいという、ごく真面目な男で、妻と二人の息子との四人家族。平凡な、地方のサラリーマン——というタイプだ。

その男が殺された。それもどうやら、物盗りとか、そういう目的ではなく、何やら怨《えん》恨《こん》によるものらしいというので、地元ではちょっとした話題になっている。

死因は青酸性毒物による中毒死である。死体の状況等から、警察は死後、車で現場まで運ばれ遺棄《いき》されたと推定した。

事件があったのは、死体が発見された二日前、つまり十二月七日の夕方から深夜にかけてと考えられた。

その日、山田のところに電話があった。組合事務所の山田のデスク付近には、そのとき、三人の職員が執務中であった。

電話は山田のデスクのものにかかった。山田は受話器を取り、「ああ、チアキさんですか」と言った。その言葉を三人の職員が聞いている。

「チアキというので、誰か女の人からの電話だと思いました」

三人の職員は、全員がそう思ったそうだ。

べつに三人が聞き耳を立てていたわけではないので、話の内容をすべて聞いてはいなかったが、山田は何やらどこかで待ち合わせるような話をしていたらしい。それで、職員たちはてっきり、女性からの電話だと思い込んだ。

その電話があった直後、山田はちょっと人と会ってくる——と言い置いて、組合事務所を出た。

「あの真面目な山田さんが、女の人とそういう待ち合わせをするのは、おかしいとは思ったのですが……」

三人の職員は、それぞれ首をひねりながらも、異口同音にそう言っている。

警察も最初、「チアキ」という名前の女性を洗い出す作業にかかった。彼女が犯人でないにしろ、山田のその日の足取りを解明するためには、まず「チアキ」なる女性との関係を明らかにする必要がある。

ところで、「チアキ」は千晶か千秋か、千明、知明……いろいろ考えられる。とにかく名字が何なのか特定できないことには、捜査はなかなか困難だと思われた。

ところが、別班が家族に対する事情聴取を行なっていて、山田は半月ほど前に、群馬県利根村というところの「智秋家」に、葬式に出席すると言って出向いていたことが分かった。「チアキ」と言ったのは、その智秋家のことではないか——というのである。

「それでこちらの智秋さんにゆかりの方ではないかと、そう思いまして、早速飛んできたようなわけで」

刑事はそう説明した。

「じゃあ、私のことをその女性だと思って、いらっしゃったのですか？」

朝子は憤慨ぎみに、言った。

「いえいえ、そういうわけではありません」

吉田部長刑事は苦笑した。四十歳ぐらいだろうか。老練な感じのする男だ。もう一人の伊原という刑事は、対照的に若く、頼りなさそうだ。こっちはどことなく、吉田のお供という印象であった。

「チアキという名前が、かりに『智秋』という名字だとすると、つまり男か女か、特定できないことになるわけでして」

吉田は言った。

「ああ、そうですよねえ」

朝子は自分の早トチリを恐縮した。

「でも、チアキが女性であるか、それともうちの智秋であるか、それ自体、まだはっきりしていないのでしょう？」

「おっしゃるとおりです。警察としては、広い範囲で捜査をしなければなりませんので、一応、心当たりの方すべてに、こうして聞き込みをさせていただいているような次第でありまして、決して、こちらのどなたかが疑わしいとか、そういうことはまったく考えておりません。それに、電話の相手が偽名を使って山田さんを呼び出した可能性もあるわけですからね」

吉田は滑《なめ》らかな口調で、よく喋る。

「でも、そう言われても、やっぱりあまりいい気分はしませんわね」

「ははは、それはそのとおりでしょうなあ。刑事なんて、どこへ行ってもあまり好かれるという仕事ではないわけでして」

吉田は、本心はどうなのかはともかく、少なくとも外見を見るかぎり、刑事としては好感の持てるタイプであった。

「そうすると、具体的には、山田さんが殺された当日の私のアリバイが分かればいいわけですね？」

「ははは、どうも、そう先手を打たれると、何も申し上げることはありませんなあ」

朝子の「アリバイ」ははっきりしていた。添田をはじめ、牧場の従業員たちが何人も朝子が一日中、ここにいたことを証言してくれたのである。

吉田刑事も納得して、捜査に協力してくれたことに対する礼を言って、それからふと思いついたように訊いた。

「それはそうと、その亡くなられた智秋次郎さん——でしたか。その方の死因は殺害されたものであるという疑いが強いのだそうですね？」

「ええ、叔父には自殺するような理由はまったくありませんし、警察もその可能性が強いと言っていますけれど……」

「そうですか、だったらなおさらのこと、われわれのほうの山田さんの事件も、何かその事件の関連で起きた可能性があるのではないかという、そういう点も疑ってかかる必要があるわけでして」

「でも、叔父が亡くなったのは二年も前のことですよ」

「いえいえ、二年前というのは、われわれの物差しでは、ごく最近といってもいいようなものなのです。何しろ、殺人の時効は十五年ですからね」

「そうすると、叔父を殺した犯人と、今度、山田さんを殺した犯人とは、同一人物であるというのですか？」

「そこまでは何とも言えませんが、そういうことも考えられるということです。ことに『チアキ』という名前に共通点があるし、それに、山田さんが智秋家を訪れたのは、それこそつい最近のことで、逆にいえば、智秋家を訪れた直後に殺されたといってもいいのですからね」

ほんの一瞬だが、吉田刑事の眼が鋭く光るのを、朝子は見逃さなかった。

（やっぱりこの刑事は、智秋家の人間を疑っているのだわ——）

「こんな余計なことを言っていいものかどうか分かりませんが……」

添田が逡巡《しゅんじゅん》しながら、会話に割り込んだ。

「刑事さんたちが来るつい先程のことなのですが、あるお客さんがあって、いま刑事さんが言われたのと同じように、ウチの先生の事件と山田さんとの関連を指摘していったばかりなのです。いや、もちろん、われわれ同様、その人も山田さんが殺された事件のことは知らなかったと思いますが」

「ほう……」

吉田は興味深そうに添田を見た。

「そのお客さんというのは誰ですか？」

「東京から来た、ルポライターの浅見という人です」

添田は、浅見が突然やって来たことから話しはじめて、智秋次郎の車が山形県内で発見されたことや、そこに『ニッコウ』という音の名前を持つ川があること。次郎が生前、山田に電話で『ニッコウで面白いものを発見した』という内容の電話をしていたことなどを含め、浅見がその地へ向かって立ち去るまでの経緯《いきさつ》を、かいつまんで話した。

吉田は「なるほど」とか「うんうん」とか間《あい》の手を入れながら、時折りメモを取ったりして、熱心に耳を傾けた。

「きわめて興味ある人物ですなあ」

添田が話し終えると、吉田は言った。

「すると、浅見という人は、いましがたお宅を出て、山形県へ向かったというわけですか？」

「ええ、あの口振りだと、たぶんそうじゃないかと思いますが」

「車ですか？」

「ええ、白っぽいソアラでした」

「じゃあ、さっき牧場へ来る道を曲がったところで擦《す》れ違った、あれだな」

吉田は若い伊原刑事と「どうするか」と顔を見合わせた。伊原は主体性がない顔で、吉田の意向を窺《うかが》っているだけだ。吉田のほうも伊原の返事を期待して声をかけたのではなく、自分の考えをまとめるための、いわば自問自答のつもりだったのかもしれない。

「途中で捕まえますか」

沼田署の片岡警部補が言った。

「ここからだと、おそらく関越自動車道へ入るはずだから、検問を張っていれば、簡単に捕まると思いますよ」

「そうですか、お願いできますか」

吉田は頭を下げた。

片岡警部補は電話で本署に連絡を取り、沼田インターチェンジで検問をするよう指示した。

「でも、あの浅見さんが犯人だとは思えませんけど」

朝子は片岡警部補の電話が終わるのを待って、不満そうに言った。

「いや、もちろん犯人だとか容疑者だとか言っているわけではありません。ただ、単なるルポライターが、この時点でいろいろ知っているというのが、ちょっと不審なわけで。一応、事情聴取だけでもしておこうということです」

「なんだか、あの人に気の毒しちゃったような気分ですねえ」

添田も気がさすらしく、当惑げだ。

「まあ、そんなに気にすることはありませんよ。要するに、何もなければ、それですむことなのですから。いずれにしても、智秋さんのお宅にはご迷惑はおかけしません」

片岡警部補はその点を強調して、二人の刑事を促すようにして引き揚げて行った。

2

群馬県は浅見にとって鬼門《きもん》にあたるのかもしれない。一年ばかり前のことだが、スピード違反のネズミ取りに捕まったのも、高崎《たかさき》警察署管内だった。軽井沢《かるいざわ》に住む作家の誕生祝いに行く途中、信じられないような状況で、引っ掛かった。

市内の道路で信号待ちをしていて、信号が青になったので、前の二台の車に続いて走りだしてまもなく、赤い長い棒を持った警察官が飛び出してきた。レーダーで、十七キロオーバーをキャッチしたというのである。前の二台と等間隔で走っていて、なぜこの車が？——などという疑問は、まったく無視された。

この日のネズミ取りは異常といってよかった。次から次へと、ほとんど軒並みではないかと思えるほどの検挙率である。違反キップにサインする「ネズミ」たちの列ができた。ざっと見ただけでも、二十人ぐらいはいて、その列が絶えることがなかった。

「そろそろボーナスシーズンだからな」と悪態をつくドライバーも何人もいた。かといって、ネズミどもに反論の余地はない。「レーダーが記録しております」と言われれば、反証の根拠は何もないのだ。こんな一方的な押しつけ判決が許されていいのだろうか

――と憤慨しながら、さりとて、検事局に出頭する煩《わずら》わしさを思えば、泣く泣くであろうと、まだしも違反キップにサインしたほうがまし――ということになる。

浅見もむろん、そのクチだった。徹底抗戦するつもりなら、あるいは裁判に勝てるのかもしれないけれど、その間に要する時間と労力を思えば、泣き寝入りするほうが賢明というものだ。たとえ、それをいいことに、警察がオンボロレーダーを道具に違反金を稼ぎまくろうとも――である。

とはいっても、悔しい思いは未来永劫《えいごう》、拭《ぬぐ》うことはできない。だから、群馬県内を走るとき、警察官の姿を見ると、違反をしていなくても、反射的にドキリとする。「愛される警察」どころか、心臓に悪い存在だ。

沼田のインターを通過しようとしたとき、その大嫌いな警察官が現われた。しかも二台の白バイまで待機している。

(過激派の検問かな?――)

そう思いながら、通行券を貰おうとして開けた窓に、警察官の白いヘルメットがヌッと入ってきた。

「免許証を拝見します」

浅見はドキドキしながら、免許証を出して渡した。渡す際に確かめたが、大丈夫、有効期限は切れていない。

にもかかわらず、警察官は顎で左前方の空地を示して、「ちょっと車を寄せてくれませんか」と言った。

なんだか知らないが、雲行きが怪しくなってきた。いやな予感がする。

車を指示された場所に停めると、車を降りるようにと言う。

「お忙しいところ、申し訳ありません」

口先だけは丁寧だが、免許証を人質同然に召し上げられているから、こっちは否《いや》も応《おう》もない。

「何かあったのですか？」

車を出ながら、浅見はようやく質問を発した。

「ちょっとお訊きしたいことがあるので、署のほうまで来ていただきたいのです」

「えーっ？　警察へ行くのですか？　僕はこれから、山形県まで行かなきゃならないのですがねえ」

「すみませんな。長くはかかりませんので。とにかく、あそこのパトカーに乗ってくれませんか」

「どういうことですか？　そんなことをしなければならない義務はないと思いますがね

え。いったい何があったのか、理由を聞かせていただけませんか」

「理由は自分らには分かりません。署に行って聞いてください」

「そんな……職権乱用じゃないですか」

「とにかくですね、そういう命令を受けておるわけでして。つまり、われわれとしては、公務を執行しておるのです」

逆らえば「公務執行妨害」になるということを言いたいらしい。

浅見は観念するほかはなかった。長くはかからないといったって、約束が守られるかどうか、かなり疑わしい。

それより何より、連行される理由が分からないのには参った。まさか智秋牧場の連中が何か警察に密告したとも思えない。

(それ以外に何かやったかな?――)

浅見はパトカーで運ばれるあいだ中、ずっとあれこれ想像を巡《めぐ》らせたが、ついに想到するものがなかった。

思ったとおり、警察は約束を守らなかった。長くないどころか、沼田署に入ってから待たされた時間だけでも一時間はかかった。このぶんだと「嘘つきは警察のはじまり」とでも、諺《ことわざ》を変更しなければなるまい。

案内されたのは応接室とは名ばかり、固い椅子の前にスチールデスクがあるだけの、殺風景な部屋であった。なんのことはない、程度のいい取調室といったところだ。窓にはちゃんと鉄格子まで嵌《は》め込んである。お茶が一杯出たきり、誰も現われない。かといって、廊下の外には見張りの警察官がいることは、気配で分かった。

やがて、三人の男が入ってきた。三人とも私服で、そのうちの一人が「沼田署刑事課の片岡警部補」と名乗ってから、ほかの二人を紹介した。

静岡県警捜査一課の吉田部長刑事と、大仁署の伊原刑事——そう聞いても、浅見には何も思い当たることはない。

「西伊豆の土肥の山田さんのことは、知ってますね？」

吉田がいきなり訊いた。

「はあ？　山田さんですか？　いや、知りませんが」

「そんなはずはないでしょう。あんた、智秋牧場で、その人の話をしていたそうじゃないですか」

「えっ？　僕がですか？　それは何かの間違いでしょう。僕は山田という人の話なんか、ぜんぜんしていませんよ」

「嘘言っちゃこまるなあ。あそこの智秋次郎さんですか。その人が亡くなったとき、短歌関係の人が、日光がどうしたとかいう話をしていたと……」

「ああ、その人が山田さんというのですか。それだったらまあ、知らないこともありませんが?」

「そうでしょうが、やはり知っているのでしょうが」

吉田は気負い込むような口調になった。

「で、どうして知っているのです?」

「どうしてって……つまり、ある人から、そういう人がいたという話を聞いただけです」

「ある人とは、誰です?」

「それは……ちょっと待ってくれませんか。いったいどういうことなんですか? 何があったというのですか?」

「あんたはこっちの質問に答えてくれればいいのです」

「驚いたなあ。それじゃ、まるで一方的じゃないですか。こっちにも事情を知る権利ぐらいはあるはずですがねえ」

「いまはそういう権利だとか、そんなことはどうでもいいのです。とにかく、山田さんのことを誰に聞いたのか、それを言ってください」

「ふーん……」

浅見は腹が立つのと、わけが分からないのとで、思わずうなり声を出して、吉田の顔を穴の開くほど見つめた。

そのうちに、どうやら事情が呑み込めてきた。

「なるほど、ようやく分かってきました」

やがて浅見は言った。理由は分かったものの、表情はいっそう憂鬱《ゆうつ》なものになった。

「その山田さんという人、亡くなったのですね？　それも何かの事件に巻き込まれて……そうでしょう？　違いますか？」

吉田は浅見に負けず劣らず、顔をしかめてから、一転、勝ち誇ったように言った。

「やっぱし、あんた、知っているじゃないですか」

「いや、知りませんよ。知りませんが、刑事さんたちの様子を見れば、おおよそ想像はつくでしょう。何も理由がないのに、警察が短歌に興味を持ったり、静岡からわざわざやってきて、関係のない僕を巻き添えにしたりするはずはありませんからね。それで、その山田さんですが、いつ、どこで亡くなったのです？　死因は何なのです？　殺されたのですか？」

「あんたねえ……」

吉田は、ますます苦い顔になった。

「質問をするのはあんたじゃなくて、こっちのほうなんだがねえ」

「しかし、僕に何を訊いても無駄ですよ。僕は山田さんのことについては、ほとんど何も知らないのですから」

「そう言うが、とにかく山田さんが智秋次郎さんと日光の話をしていたという、そのことは知っていたじゃないですか」

「だから、それはある人から……いや、その人の名前は言えませんよ。ニュースソースを明かすわけにはいきませんからね」

「いや、言ってもらわないと困りますな。でないと、長くお付き合い願わなければならないことになる。場合によっては静岡まで足を運んでもらうかもしれない。それではあんたも困るでしょうが？」

「冗談じゃないですよ。いままでだって、いいかげん長居《ながい》しすぎたのですからね。そろそろ解放してくれませんか」

「だったら名前を言うことですな」

「参ったなあ……」

浅見はだんだん腹が立ってきた。

「だったら言いますがね。じつは、それを聞いた相手はマスコミ関係の人ですがね、しかしそれはいわばまた聞きでして、そもそもの情報源は日光警察署の刑事さんですよ」

「日光警察署?……」

「そうです。刑事さんがマスコミのある人物にその話をリークして、それを僕がまた聞きしたっていうわけです。嘘だと思うなら、日光署へ行って、その刑事さんに当たってみたらどうでしょうか」

「日光署の何ていう刑事です?」

「名前は知りませんよ。しかし、若くて優秀な刑事さんだというから、行けば分かるのじゃないですか」

「あんた、いいかげんなことを言ってるんじゃないでしょうな?」

「いいかげんなこと? どうしてですか? 僕はいいかげんなことなんか、これっぽっちも言っていませんよ。もしこれがいいかげんだというのなら、警察がいいかげんな話をしたっていうことです。とにかく情報の震源地は日光警察署なんですからね。さあ、もういいでしょう」

浅見が立ち上がるのを、吉田は肩に手を置いて、強引に座らせた。

「その前に、十二月七日、この日にあんたがどこで何をしていたか、教えてくれませんか」

「おやおや、今度はアリバイですか。まあいいでしょう。えーと……その日は自宅にいましたね。ほとんど一日中いたと思います。原稿の締切りでしたからね」

「自宅は東京都北区《きたく》西ケ原《にしがはら》三丁目――でしたね」

吉田はメモを見ながら確認した。

「で、自宅にいたことを証明する人はいますか？」

「それは、家族が証明してくれますよ」

「家族じゃ、証明にはならないなあ。家族以外にはいませんか？」

「あとは編集者ですね。僕がサボッていやしまいかと、何度もしつこく電話してきましたからね。ああ、編集者の名前は『旅と歴史』という雑誌の春日という男です」

浅見は吉田に言われる前に、メモ用紙に電話番号を書いた。

「一応、念のために家族の名前も聞いておこうかね？」

吉田は言った。俄然《がぜん》、浅見の憂鬱はストレスを亢進《こうしん》させた。雪江未亡人の顔が目の前にチラついた。

「家族じゃ証明にならないのでしょう？　だったら、聞いても意味がないのじゃありませんか？」

「意味があるかどうかは、こっちサイドで判断する問題です。あんたはこっちの質問に答えてくれれば、それでよろしい」

浅見は仕方なく、母親の名前を書いた。

「すると、浅見さんは独身で、おふくろさんと二人で暮らしているのですか？」

「いや、独身は独身ですが、ほかにも同居人はいますよ。といっても、正確にいうと僕のほうが居候なのですけどね。しかしその日、僕がずっと家にいたことを知っているのは、母親だけです」

「それでもとにかく、一応ほかの家族の名前も書いてください」

「あとは兄夫婦と二人の子供と、お手伝いですよ」

「ほう、お手伝いもいるのですか。車はソアラだし、なかなか裕福なご家庭のようですなあ」

「いえ、家は裕福でも僕はただの居候です」

「居候の身分でソアラとはねえ。ルポライターがそんなに儲《もう》かる商売とは思えないが。ほかに何か仕事でもやっているのですか？」

その「仕事」の内容が問題だ——と言いたいらしい。

「何にもやってませんよ。ソアラは月賦《げっぷ》で買って、ローンが半分残っているんです」

「ははは、まあいいでしょう。それでと、家族の名前を書いてもらいましょうか。まさか知らないわけじゃないのでしょうな」

吉田は意地悪そうに言った。対照的に浅見は溜息《ためいき》をついた。

母・雪江、兄・陽一郎《よういちろう》以下、兄嫁、兄夫婦の長男、長女、それにお手伝いの須美子《すみこ》の名前を書いた。

「これで全部です。さあ、もう帰ってもいいでしょう」

「まあまあ、そう急ぐことはないでしょう。いまからじゃ、どうせ山形まで行くのは無理でしょうからな」

「そんなこと……」

浅見は呆《あき》れて、一瞬、絶句した。

「遅くなったのはあなたたちのせいじゃありませんか。こうなったら、意地でも今日中に山形へ行ってみせますよ」

浅見は憤然として立った。今度もまた、吉田の手が肩を押えようとしたが、それを払い除《の》けた。

「おっ、あんた、抵抗する気かね」

吉田は、思うつぼにはまった——と言いたそうに、口を尖《とが》らせた。それまで木偶《でく》のように立っているだけだった伊原刑事も寄ってきて、浅見の腕を摑んだ。

「公務執行妨害の現行犯で逮捕する」

浅見は凝然《ぎようぜん》として動かなくなった。心臓が凍りつくような想いがした。これが日本警察の現場の実体なのか——と情けなくなった。

戦後、刑事訴訟法が変わってから何十年にもなろうというのに、いまだに冤罪《えんざい》事件や誤認逮捕があとを絶たない。

つい先日も、東京御茶《おちや》の水《みず》の女子寮に潜入した疑いで、まったく無関係の青年が逮捕・勾留《こうりゆう》され、自白を強要された。捜査員が入れ代わりたち代わり、自白し、調書にサインすればいいのだ——と宥《なだ》めすかし責めたてたあげく、青年は疲労困憊《こんぱい》のあまり、言われるまま署名捺印《なついん》をしてしまった。

幸い、この事件は公判段階で、検察側が起訴を取り下げたが、裁判所は裁判を続行、逆に捜査当局側の失態をきびしく断罪した。しかし、その間に青年が受けた、精神的肉体的苦痛や、失った社会的信用を、警察はどう回復してくれるというのだろう。

公権力は強大であるがゆえに、それを行使する現場は、謙虚でなければならないはずではないか。

三人の警察官を眺めながら、浅見は言いたいことが山ほどあった。しかし、結局は何も言わないまま、ゆっくりと椅子に腰を下ろした。

3

「分かりましたよ、山形行きは諦《あきら》めます」

浅見はしばらく放心したように、じっとしていてから、呟くように言った。

「そうですか、そうしてもらえると、われわれも助かる」

吉田は満足げに頷いた。

「捜査協力は、一般市民の義務でもあるわけですからな」

(何が義務なものか——)

浅見は苦笑しながら、これから先の作戦を考えていた。

意地を張って、どうしても山形へ行く——などと駄々をこねるようなことを言ったものの、浅見の本心には、西伊豆で起きたという殺人事件の詳細を知りたい気持ちも、じつはなくはなかったのである。

むしろ、こうこじれてしまった以上、いずれにしても今日の山形行きは中止せざるを得ないだろうから、警察の横暴を逆手《さかて》に取って、取調べの過程で事件の概要を探り出してみようと腹をくくった。

そういう具合に、臨機応変、発想を転換できるのも、浅見という男のひとつの才能なのかもしれない。

それにしても、静岡から来た二人の刑事のしつこさには、ほとほと呆れた。

伊原刑事が「現行犯逮捕」などと、大見栄を切ったのは、さすがに脅しにすぎなかったが、浅見と西伊豆の事件との関係を、何がなんでもデッチ上げないと気がすまないらしい。

「あんたが智秋さんのところに山田さんのことを聞きに行ったというのがですな、どうも納得がいかないのですよ。聞けば、べつに誰に依頼されたわけでもなく、自腹を切って行動しているのだそうじゃないですか。おまけに、わざわざ山形県まで調べに行くというのでしょう。なぜ、いかなる理由でそんなことまでしなきゃならんのです?」

吉田はこの質問を、内容や言い回しを変えて、何度も繰り返した。

もっとも、浅見の答えが、これまた判でついたように、「好奇心を満足させるため」というのだから、同じ質問が繰り返されるのも、やむを得ないことかもしれない。

とはいうものの、いつまでも押し問答を続けているわけにもいかない。何度目かに、浅見は逆に問い返した。

「それじゃ、刑事さんにお訊きしますがね。智秋次郎さんが山田さんに言ったという、あの『ニッコウで面白いものを発見した』というのは、いったい何を意味している言葉だと思いますか？」

「そんなことは知りませんな」

吉田は仏頂面《ぶっちょうづら》で言った。

「智秋さんの事件には、われわれは関係しておらんですからな」

「直接関係はなくても、何か繫《つな》がりがあると思ってはいるのでしょう」

「そりゃまあ、ぜんぜん繫がりがないとも言い切れないですな。だからこそ、こうやって事情聴取にやってきているのだから。しかし、ニッコウがどうしたとかいう話は、智秋家を訪ねてはじめて知ったことですよ。そのことと山田さんの事件とのあいだに関係があるかどうか、この段階で分かるはずがないでしょう」

「分からないのだったら、すぐに調べたらどうです？　警察がその気になるのなら、何も僕が身ゼニを切って、山形まで出掛ける必要はないのですから」

「いや、あんたはそう言うが、われわれとしては、目下のところその件については関心がないもんでね。しかし、常識で判断するならばですな、ニッコウといえば東照宮のある日光のことなのじゃないんですか？」

「そうですよね。そう思うのがふつうですよね。智秋次郎さんは『ニッコウで面白いものを発見した』と言っているのだし、その感じからいっても、日光市の街の中で、誰かに会ったか、何かを見たかしたものだと考えるのがふつうですよね」

「それが分かっているなら、何も疑問点はないのとちがいますか」

「そのとおりです。しかし、その智秋さんの車が『ニッコウ』という音で呼ばれる川の傍にあったというのが、僕はなんとなく気になるのです。刑事さんたちはそうは思いませんか？」

「いっこうに思いませんなあ」

吉田はつまらなそうに言って、伊原を顧《かえり》みて「きみはどうかね？」と訊いた。

「自分も気になりませんよ」

若い伊原はきっぱりと断言した。県警の部長刑事が言うのだから、反対意見など言えるはずがない。

「それでは、もう一つお訊きしますが。智秋次郎さんと山田さんという人の関係ですが、どの程度の付き合いだったのですか？」

「短歌仲間だということは聞いてるが、そう親しいという間柄ではないそうですな。実際に会ったのは、おそらく一度か……ひょっとすると会ったことがないのじゃないかというのが、家族の話です」

「会ったこともない——ですか。その程度の付き合いなのに、葬式にわざわざやって来るというのはおかしいですね」

「いや、そう思うのが素人だそうですよ」

吉田は愉快そうに言った。

「私もね、じつはそう思ったのだが、聞いてみると、山田さんは智秋氏——というか、智秋氏の短歌に心服していたのだそうです。まあその、肝胆《かんたん》あい照らすというやつですな。手紙の遣《や》り取りもあったらしいが、電話で長いこと喋っていることが多かったそうですよ。いまどきの若い娘ならともかく、男の長電話なんていうと、われわれの感覚では変人としか思えませんがね」

「そういうものですか……僕は職業柄、文章や小説に関しては、ひととおりの知識はあるけれど、短歌の世界のことについては、ほとんど無知みたいなものなのです」

「その点は私だって同じですな。このところ、『サラダ記念日』とかいうのが、ベストセラーになっているそうだが。われわれオジンには、ああいう歌のどこがいいのか、さっぱり分かりませんな」

吉田部長刑事は、はじめて「被疑者」と意見が一致したことで、満足げであった。

「そうすると、手紙や電話の内容も短歌のことだったのでしょうね？」

浅見は訊いた。

「そのようですな。お互い、相手の作品を褒《ほ》めあっていたとか、山田さんの奥さんは言ってました。どんなに長電話をしても、それ以外の、いわゆる世間ばなしなどは、まったくなかったそうです」

「しかし、その智秋さんが、ニッコウがどうしたとか、そういう話をしたわけですよね。そうすると、ニッコウで発見したという、その『面白いもの』も、何か短歌に関係があるということでしょうか？」

「さあねえ……それはどうかなあ。いくら世間ばなしはしなかったといっても、程度問題でしょうからな。たまにはそういう、無駄な話をしたかもしれないし」

「それじゃ、山田さんの奥さんの言っていたことは、あまり信用できないということになりませんか？」

「ん？　いや、それはまあ、全部が全部、信用していいとはいえないでしょうがね」

吉田はいやな顔をして、ふとわれに返ったように言った。

「そういう話をしている場合ではないのですよ。問題はあんた自身のことだ。とにかくその、どういう理由があって、そういうことに関心を持っているのかです。それを正直に話してもらいたいですな」

(やれやれ――)

浅見はまた話が振り出しに戻ったことを嘆いた。それと同時に、吉田がなぜいつまでも同じ質問を繰り返しているのか、ふとその理由に思い当たって、愕然《がくぜん》とした。

「あの、ちょっと伺いますが」

浅見はうろたえ気味に訊いた。

「まさか、東京の自宅のほうに、僕のことで……その、つまりアリバイだとか、そういう事件を匂《にお》わすようなことで、問い合わせなんかしたりしてないでしょうね?」

「さあ、どうですかねえ。一応、身元確認のための連絡ぐらいはしているかもしれんですなあ」

「そういうの……それ、まずいなあ」

「ほう、何か調べられると具合の悪いことでもあるのですか?」

吉田は興味深そうな目になった。

「いや、そういうことはありませんよ。ありませんけど……しかし、おふくろがですね、その、いろいろと心配性だし、まずいんですよねえ、そういうことは……」

「何も悪いことをしているのでなければ、べつに構わないでしょうが。それとも、虚偽の申し立てでもしているのですかな？」

「していませんよ、そんなことは。だけど困るんですよね。分かるでしょう、居候の身分としてですよ、肩身の狭い立場にあるということがです」

「ははは……」

吉田は大いに溜飲《りゆういん》を下げた顔で笑った。いままでノラリクラリと尋問をかわしていた、クソ生意気な青年が、まるで悪戯《いたずら》を見つかった坊やみたいに、情けない様子に変貌《へんぼう》したのが愉快でならないらしい。

「まあ、なんですな。そういう親御さんを安心させる意味からも、早いとこ何もかも喋って、お宅に帰ることを考えたほうが賢明ということでしょうな」

その笑いが消えないうちに、ノックもなしにドアが開いて、片岡警部補の緊張した顔が覗いた。

「吉田さん、ちょっと……」

手招いた様子がただごととは思えない。吉田も真顔《まがお》に返って、部屋を出て行った。

吉田は出て行ったきり戻らずに、入れ代わるようにして片岡がやってきた。

「どうも、お待たせしました。吉田さんは緊急の用件ができたとかで……ああ、あんた、伊原さん、吉田さんが待ってるから、玄関へ急いだほうがいい」

伊原刑事は何が何だか分からないまま、開けっぱなしのドアから急ぎ足に出て行った。

「浅見さん、申し訳ないが、署長が会いたいと言っておりますので、ちょっと署長室までお越し願えませんか」

「はあ……」

浅見は死刑執行を言い渡された囚人のように、元気なく立ち上がった。

沼田警察署の石山《いしやま》署長は、肥満体質の大柄な男だ。片岡警部補の先導で、浅見がドアを入るやいなや、椅子から立ち上がり、満面に笑みを湛えて「さあさあ、どうぞどうぞ」と迎え入れた。

「いやあ、驚きましたなあ。警察庁の浅見刑事局長さんの弟さんが見えているという報告がありましてね、出先から急いで戻って参りました。しかし、だいぶお待たせしたのではありませんか？」

「いえ、ほんの少しです」

浅見は消えいるような声で言った。

「それならばよかったのですが。何か静岡のほうから捜査員が来ておったそうで、浅見さんに失礼なことを言ったのではないかと心配しておりました」

ところです」

「いえ、そんなことはぜんぜんありません。たいへん楽しい話を聞かせてもらっていた

「そうでしたか。いや、現場の捜査員は事件を追うのに熱心なあまり、おうおうにして、相手が誰かということも、見境がつかなくなることがありますからなあ」

「あの、それで、吉田さんはもう、帰られてしまったのでしょうか？」

「はい、緊急の連絡が入りまして、急遽《きゅうきょ》、静岡のほうへ向かったようです。浅見さんにはよろしくということでありました」

片岡警部補が答えた。「よろしく」どころか、吉田部長刑事としては、屈辱の撤退といった気分だったろう。

刑事局長だろうと何であろうと、兄は兄、弟は弟、関係ないじゃないか——ぐらいの捨て台詞《ぜりふ》は言ったにちがいない。

「そうですか……それは残念です。もう少しお話を聞きたかったのですが」

「は？　そうだったのですか？」

署長は片岡を見て、「まだ間に合うんじゃないかな。連れ戻してきたらどうだ」と言った。

「いえ、それには及びません」

浅見は慌てて制止した。

「いずれ僕のほうから西伊豆へ行って、お会いするようになると思いますので」

「ほう、それはまたどういうことですか？」

「ある事件がありまして……あ、じつは僕は、本業はルポライターなのですが、趣味程度に探偵まがいの……」

「承知しておりますよ。浅見さんはなかなかの名探偵ぶりだそうじゃありませんか」

署長はソツなく言った。

「さすが刑事局長さんの弟さんだけのことはあるという、もっぱらの評判です」

まさかそんな評判が、群馬県あたりにまで流れているはずがない。群馬県警のデータには、せいぜい交通違反マイナス一点の記録が残っている程度だ。

実情は、警視庁か浅見家の所轄である滝野川《たきのがわ》署に、浅見光彦なる人物の身元を照会している過程で、浅見刑事局長の名前や「私立探偵」としての浅見の仕事ぶりが明らかになったに決まっている。

滝野川署どまりならいいけれど、もしや浅見の家にまで捜査員が出向いてはいないか――雪江未亡人の神経を逆撫《さかな》でしたのではあるまいか――と、浅見はまたぞろ心配でならなかった。

4

　翌日、浅見は山形行きをやめて、一転、西伊豆の土肥町へ向かうことにした。土肥へは東名高速道で沼津インターまで行き、そこから沼津港へ、そして高速船に乗るのが最も早い。順調なら片道わずか三時間、日帰りでも行ける距離だ。

　高速船「こばるとあろー号」は沼津―土肥間を三十五分で結ぶ。移動性高気圧が日本の空を覆《おお》って、まるで春先のようなポカポカ陽気で、駿河湾《するがわん》は穏やかな船路だった。千本松原《せんぼんまつばら》の上に浮かぶ富士山。旧御用邸や静浦《しずうら》ホテルのあるのどかな入江の風景。大瀬崎《おせざき》を回ると、突然、西伊豆特有の荒々しく屹立《きつりつ》した断崖の連なる海岸線が見えてくる。

　この風景の変化の妙は、いかにも日本的というか箱庭的というか、山部赤人《やまべのあかひと》が「田子の浦ゆ打ち出て見れば……」と詠《うた》った情景が偲《しの》ばれる。

　戸田《へだ》沖を通過すると、すぐに土肥の港であった。土肥は背後に蜜柑畑《みかんばたけ》の山が迫っていて、小ぢんまりした入江を囲む小さな町だ。都会の喧騒《けんそう》から隔離された別天地のように思えた。

　ここには派出所があるだけで、所轄の警察は大仁署になる。浅見は大仁署の捜査本部に顔を出すべきかどうか迷ったが、大仁まで行くのには一時間ほどかかるので、予定からはずすことにした。

　山田俊治の家は古い建物だった。いまは海岸線の堤防から少し離れた場所にあるけれど、かつては、おそらく半農半漁だった家柄なのだろう。潮の香りがしみついたような印象があった。

　山田家はひっそりと静まり返り、玄関に入ると、かすかに線香の香りが漂っていた。

　山田の妻は、地味なワンピースにカーディガンを着て、心なしか面窶《おもやつ》れした感じだが、五十歳にはなったかどうかという年配であった。浅見が名刺を出したときには、戸惑った表情を浮かべたが、智秋家の知り合い——と名乗ると、夫からその名前を聞いているのだろう、いくぶん敬意を見せて、座敷に通してくれた。

　座敷は庭に面している。ビワの樹が数本、庭先に立っていた。隣りの部屋が仏間になっている。

　浅見は仏前にぬかずいて、ささやかながら、香典《こうでん》を供《そな》えた。

「このたびは思いがけないことで……」

　慣れない口調でお悔《くや》みを述べてから、浅見は夫人に訊いた。

「ご主人は智秋次郎さんとは、短歌を通じてのお知り合いだそうですね」

「はい」

「智秋さんのお葬式から戻られて、何日目でしたか、事件があったのは」

「殺され……亡くなったのは、ちょうど十日目でした」

言い替えたことで、夫人の犯人に対する憎しみが分かるような気がした。

「そのあいだに、何かご主人のことで変わった様子はありませんでしたか？」

「さあ、べつに変わった様子といっても……ただ、何か調べ物もしていたようでしたけれど。それほど変わったことはありませんでしたが……」

「何を調べていらっしゃったか、ご存じではありませんか？」

「たぶん短歌のことだと思います」

「短歌ですか……」

「はい、ですから、べつに変わったこととは言えないかもしれません」

「何か、ニッコウということをおっしゃっていませんでしたか？」

「はあ、日光がどうしたとか……そうそう、どこかに電話していたようです」

「電話、ですか？　どういう内容の電話でしたか？」

「あまりよくは分かりません。ちょっと通りすがりに聞いただけですので。ただ、日光がどうしたとか言っていたようです。智秋さんのところから戻って間もないことで、日光を見てきて、その話をしているのかと思っていましたが」

「日光がどうした——という、その前後の話の内容は分かりませんか？」

「はあ……」

夫人は当惑したように、眉《まゆ》をひそめた。

「通りすがりといっても、お聞きになったのは『ニッコウ』という言葉だけではないと思うのですが。その前後に何か言っておられたのを、聞いていらっしゃるはずですが」

「そう言われても……」

それでも思い出そうとする気持ちはあるらしい。山田夫人は目を天井に向けて、半眼を閉じた。

「はっきりしたことは憶えていないのですけれど……ちょっと変なことなのですけど、『日光はありますか』とか、そういうようなことを言ったような……」

「えっ？『ニッコウ』はありますか——と言われたのですか？」

「ええ、変ですよねえ。ですから、いま言いましたように、はっきりしたことは憶えていませんけど。ただ、日光があるとかないとかいうのは、おかしなことを言っていると思ったので……でも、もしかしたら聞き間違いかなという気もします」

「なるほど……」

浅見は無意識に腕組みをしていた。

──日光はありますか？──

夫人の聞き間違いかもしれないが、それにしてもおかしな言葉だ。

「それですが、もしかして『ニッコウという川はありますか？』と訊いたのではなかったでしょうか？」

浅見は念のために訊いてみた。

「さあ、どうだったのか知りませんけど、私はとにかく、川だとか、そういうことは言わなかったと思いますけど」

山田夫人はその点だけははっきりしているらしい。しかし、単に「ニッコウはありますか」だったとすると、いったいどういう意味の話なのだろう？

「ニッコウ」というのは、単純に考えれば東照宮のある日光を思い浮かべるし、そうでなければ太陽の光だ。

（太陽の光か？──）

それにしても、太陽の光があるかないかとは、いったい何のことか。それだって意味不明である点には変わりない。

「そうだ、ニッコウというのは飛行機の日航──つまり日本航空のことではなかったのですか？　それなら、どこかへ旅行するつもりで、座席があるかないか、そういうことを訊いていたとも考えられますが」

「日航ですか？　だったら発音が違うでしょう。主人はニッコウのニのところにアクセントをつけて言いましたよ。いくらこんな田舎でも、そんなおかしな発音はしません」

夫人はやや鼻白んだように言った。そういえば、たしかに夫人の言葉だって土地の訛《なま》りはそんなに感じられない。受け答えもしっかりしていて、学校の先生のような印象さえあった。

「失礼ですが、奥さんはご結婚前は、何をしておられたのですか？」

「教師をしておりました」

「ああ、やっぱりそうでしたか」

浅見は自分の直観のよさに感心した。

「それならアクセントに対しては正確ですよね。すると、ご主人はやはり日の光の日光のことを訊いておられたわけですか……」

またしても出発点に戻った。

「ニッコウという言葉には、東照宮の日光、太陽のほかに何がありますかね？」

浅見は、半分は自問自答するつもりで呟いた。

「証券会社に日興証券というのがあります。うちの姪《めい》の美保子《みほこ》というのが、沼津の日興証券に勤めておりますけど」

「はあ……しかし、その日興も日本航空と同じイントネーションですね。ほかには……あの、国語の辞書はありませんか」

「広辞苑《こうじえん》でいいでしょうか？」

夫人はすぐに古びた広辞苑を持ってきた。いくぶん老眼が進んでいるのか、眼鏡をかけた。

テーブルの上に辞書を載せて、二人は顔を寄せあうようにして、「にっこう」を索引した。

いきなり「にっこう――肉交――男女の交合」というのが出てきたのには参った。夫人は顔を赤らめて、少し距離を離した。

そのつぎが「肉羹――肉類を入れたあつもの」というのがあった。

三番目は「日光――太陽の光線、日のひかり」であった。

四番目は東照宮のある栃木県の日光のことが書いてある。「日光街道」「日光国立公園」「日光奉行《ぶぎよう》」等々、「日光」の派生語がかなりのスペースを割《さ》いて載せてある。

そして五番目の「にっこう」に到って、浅見は思わず「あっ」と叫び声を発してしまった。

「何か？」

夫人が驚いて顔を寄せてきた。

「ここを見てください」

浅見が指で指し示したところには、こう書いてあった。

――〔日光〕短歌雑誌。大正十三年四月創刊、昭和二年十二月廃刊。北原白秋・木下利玄・土岐善麿・石原純・川田順・吉植庄亮・前田夕暮・古泉千樫・釈迢空等の同人誌――

「短歌だったのですね……」

浅見は何か得体の知れない怪物に遭遇したような、寒気《さむけ》を伴った興奮に襲われた。

尋ねる「日光」が短歌雑誌の名前にあったということもさることながら、そこに名前を連ねる歌人たちが、錚々《そうそう》たるメンバーであることにも驚嘆した。短歌に無縁の浅見ですら、知っている名前がいくつもある。

「智秋次郎さんが、山田さんのご主人と電話で話した際の『日光』も、ご主人がどこかに電話しておられたときの『日光』も、おそらくこの短歌雑誌のことを指していたにちがいありませんよ」

浅見は昂奮《こうふん》ぎみに言った。

「そうですねえ」

夫人も同感して、大きく頷いた。

「でも、それだからといって、その『日光』と主人が殺された事件と、何か関係があるのでしょうか？」

「………」

浅見は言葉に詰まった。

たしかに夫人の言うとおりだ。電話に出ていた「日光」の正体が短歌雑誌の名前だったとして、それだからどういうことになるのか、まるで雲を摑むような話ではある。

「そういえば……」

浅見の困惑ぶりを眺めていて、山田夫人は思い出した様子で言った。

「その二、三日あと、主人のところに電話があったときにも、何やら『日光』の話をしていました。日光のことが分かったとか……このときも、はっきり聞いたわけではありませんけど、日比谷《ひびや》へ行ってみる――というようなことを言っていたようです」

「日比谷？　東京の、ですか？」

「だと思いますけど」

「じゃあ、日比谷図書館でしょうか?……」

言いながら、浅見は胸がときめいた。

日比谷図書館は国会図書館につぐといってもいいほどの、規模の大きい図書館だ。山田はそこに問い合わせて、『日光』が収納されていることを確認したにちがいない。

「その電話は誰からのものか、分かりませんか?」

「さあ?……」

夫人は首をひねった。

「とにかく、たしかめてみますよ」

浅見の気持ちは、早くも東京へ向かっていた。

第四章　三十一文字《みそひともじ》の謎

1

浅見の『日光』探索《たんさく》行は、まず都立日比谷図書館からスタートすることになった。しかし、司書に短歌雑誌『日光』について尋ねると、「ここにはあまり揃《そろ》っていません。むしろ国会図書館に行ったほうがいいですよ」と教えてくれた。

調べてゆく過程で分かったことなのだが、『日光』は散逸《さんいつ》がはなはだしく、日本中を探しても、どれほどの号数が残っているか、きわめて心許《こころもと》ない状態なのだそうだ。『日光』は大正十三年四月から昭和二年十二月まで、十数度の休刊はあったものの、ほぼ毎月発行されているのだが、日比谷図書館にはそのうちの数号しかなく、国立国会図書館でさえも、大正十五年八月以降のものは欠号だという。司書の話によると、名古屋の中部短歌会というところに、ひょっとするとあるかもしれないというので連絡してみたが、ここにも『日光』はなかった。

発行当時、『日光』はどれくらいの発行部数だったのかははっきりしない。現在の短歌結社で発行している機関誌は、多くても千部を超えることは珍しいようだ。『日光』が店頭で頒布《はんぷ》されることを目的に発行されたとしても、三千のオーダーを超えたかどうか。しかも、発行の拠点《きよてん》が東京であり、戦災を経ているだけに、耐火設備が万全だった図書館であるとか、よほどの好事家《こうずか》の蔵に眠っているか。いずれにしても残部はほとんどないにひとしいと考えたほうがよさそうだ。

ところで、日比谷図書館の司書はきわめて親切だった。「日光のことを調べるのなら、まずこの本をお読みなさい」と言って、木俣修《きまたおさむ》(一九〇六〜一九八三年)という人物が書いた『大正短歌史』を出してきた。それには大正歌壇に『日光』が登場する経緯について、かなり詳しく述べてあるはずだというのである。

なるほど、司書の言ったとおり、たしかにその本には大正から昭和へ向かう短歌界の動きが、さまざまな人間模様まで織りまぜながら、興味深く描かれていた。その中に、次のような文章があった。

——前略——

このような状態はおのずから歌壇を文壇から乖離《かいり》させることになってしまった。自然主義思潮の流入以来、散文中心の文壇となってしまったのであるが、文壇はその頃から一般に短歌というものに対する関心を持つことがなくなった。そうした文壇が、封建的な分派主義の旗をたてて、互いにいがみ合っている歌壇などというものに関心や興味を持たなくなったということは当然なことであったと見られる。

しかし歌壇（歌人か？）は文壇あるいは歌壇に対して無関心であったというわけではなかった。

斎藤茂吉《さいとうもきち》が大正九年に書いた文章に「文壇と歌壇」というのがある。

「歌壇は現文壇に対して対等の位置を要求すべきは言うを須《また》ない。——中略——短歌を没交渉にするような文壇なら、必ず堕落した文壇に相違ないからである——後略——」

——中略——

こうしたことを言ってみたところで文壇自身は何らかの痛痒《つうよう》を感じることはなかったのである。自らが閉塞《へいそく》的な宗匠《そうしよう》主義の世界を形づくっていながら、憤慨しても、所詮《しよせん》ははかないことであったと言わなければならないのである。

宗匠は自らの文学者としての、個の才質を磨いて、その文学の上の進展に力を尽くすというよりも、その結社の運営に浮身をやつし、その増強を期するための施策に奔走するといった状態であって――中略――（その結果として）一般に、短歌が没個性となり、文学性の衰弱をもたらすことになったことは歴然としているのである。

このような時期に『日光』が創刊されることになったわけである。

〈（　）は著者註〉

木俣修はこのように、短歌界の「宗匠主義・結社主義」と、その没個性的な性格にあきたらない歌人・文学者が新たな思潮を起こそうとしていたことを指摘し、そのひとつの現われとして『日光』の創刊があったと言っている。

短歌雑誌『日光』の誕生のもうひとつの理由は、関東大震災で短歌の結社が崩壊したためであるともされている。しかし、そういった背景があったことはともかくとして、実際には、『日光』は歌人・北原白秋《きたはらはくしゅう》のなみなみならぬ情熱によって生み出されたものといってよさそうだ。

短歌のことに興味がない人々の多くは、短歌の世界に結社があったりすることすら、おそらく知らないにちがいない。それでも『アララギ』という名前ぐらいは、中学校あたりで習ったはずである。

短歌雑誌『アララギ』は、明治四十一年十月に創刊された。正岡子規《まさおかしき》の没後、門人たちが子規のうち樹《た》てた作歌理論に基づいて「根岸短歌会《ねぎし》」を結集した。『アララギ』はその機関誌であり、伊藤左千夫《いとうさちお》、島木赤彦《しまぎあかひこ》などがその中心的人物であり、現在でも「アララギ派」とよばれる歌風は、多くの歌人たちによって継承されている。

大正年間に創刊された短歌雑誌の中で、現在も続いている代表的なものには『覇王樹《はおうじゅ》』などもある。しかし、ほとんどの結社や機関誌は、生まれてまもなく、泡沫《ほうまつ》のように消えていった。自然主義文学の台頭が目覚ましい中で、歌壇や歌人たちが大きく揺れた時代ということができる。

『日光』はそうした中で、宗匠主義に堕した短歌界に、文字どおり新しい光を注ぐことを目的に創刊された。

浅見は司書の勧めに従って、日比谷図書館から国会図書館へ移動した。司書は国会図書館の知人に紹介の労までとってくれたのである。

そうして浅見は、ようやく目指す『日光』の実物にお目にかかることができた。創刊号から大正十五年七月号まで、バックナンバーのほとんど揃った『日光』を閲覧テーブルの上に積み上げたとき、浅見は涙が出るほどの感動をおぼえた。

『日光』創刊号の表紙は津田青楓《つだせいふう》の絵で、丘の上に太陽がさんさんと輝いているデザインだった。まさに日光そのものを礼讃《らいさん》する気風を思わせる。

発刊後すでに六十数年を経過して、かなり傷んではいるけれど、百三十四ページにわたる本文用紙はコットン紙を使っていて、明るい中に渋い味わいを持った体裁であった。北原白秋はよほど日光が好きだったらしい。いうまでもないことだが、この場合の「日光」は東照宮の日光ではなく、太陽の光のことである。

大正十三年四月一日発行の『日光』創刊第一号のトビラには、つぎのような白秋の詩が掲げてある。

日光を仰ぎ、
日光に親しみ、
日光に浴し、
日光のごとく遍《あま》ねく、
日光のごとく明るく、
日光のごとく健《すこや》かに、

日光とともに新しく、
日光とともに我等在らむ。

なんだか文学青年ぽいというより、小学生の文集にでもありそうな幼稚さで、浅見にはあまりうまい詩とは思えなかったが、それだけに、当時の文学者たちは純粋だったということの証明ではあるかもしれない。

創刊号には白秋の作品だけでも百五十首を超える歌が収載されている。そのことからでも、この雑誌にかける白秋の情熱が伝わってくる想いがした。

そのほか、目次には木下利玄《きのしたりげん》、土岐善麿《ときぜんまろ》、折口信夫《おりくちしのぶ》、島崎藤村《しまざきとうそん》などの豪華メンバーが、ズラリと顔を揃えている。そういう、いわゆる既成作家や大家とはべつに、号を重ねるごとに投稿歌も増えていっている。全国津々浦々に、白秋と『日光』に共鳴する、新しい短歌への賛同者が多かったのだ。

それはどことなく、現代の短歌界にも通じるところがある。短歌には独特の用語や言い回しなど、さまざまな約束ごとがあって、素人にはなじめない世界——という印象が、少なからずある。いわゆる結社や「宗匠」を中心とする集団は何千ともいわれ、それぞれの派の独自性をかたくなに主張している。

俵万智《たわらまち》が、平易な文体で、青春の風景を感性ゆたかに詠《うた》いあげた『サラダ記念日』が、圧倒的なブームをまき起こしたのは、単なるファッションというだけではない。多くの人々が、硬直化した短歌の世界や活字文化に対して抱いていた、ある種の飢餓感に、それこそサラダ・ドレッシングのように浸透していったためなのだ。

浅見は『日光』を調べ、載せられてある無数の歌を読んでいるうちに、そういう感慨にとらわれた。

もっとも、『日光』はかならずしも祝福されてばかりいたとはいえないらしい。木俣修の『大正短歌史』によれば、対立する『アララギ』の主宰・島木赤彦は『アララギ』の大正十三年四月号に「歌に集団あるは自然であり正当である。ただ集団の目的が集団をなさんがために置かれることがある。かような集団は目指すところが低卑である」と書いて、『日光』の発足《ほっそく》を牽制《けんせい》している。

そうかと思うと、同じ『アララギ』の五月号では、「編集便（編集後記）」の中で「石原純氏、古泉千樫氏、折口信夫氏（いずれも有力なアララギのメンバーだった）は今回日光同人に加わって、雑誌『日光』を出すことになった。——中略——三氏を中心としてアララギにいた会員諸氏は、この際やはり『日光』に行くのが本当であると思う」と書いて、仲間割れと同時に、主宰・島木赤彦に対する憤懣《ふんまん》を露骨に示している。

このように離合集散、脚の引っ張りあいのはげしい短歌界の性格は、おそらく現代にも共通しているのではないかと考えられる。智秋次郎がどの会派にも結社にも属さない、自由な立場で歌を作っていた理由は、そういう偏狭さを嫌ったためかもしれない。

一見、高尚そうに思える短歌界を形成している人間どもの、ドロドロした陰湿なものを垣間見《かいま》て、浅見は嫌いになるどころか、のめり込みたくなるほどの興味をそそられた。

ともあれこうして、まったく摑みどころのなかった『日光』は、浅見の前に姿を現わしたのである。

だが、膨大な歌や評論や詩を前にして、浅見は茫然《ぼうぜん》自失といった気分だった。

この『日光』で、智秋次郎はいったい何を発見したというのだろう?――

そして、山田俊治は何を探そうとしていたのだろう?――

しかも、その二人は『日光』に関心を抱いた直後、ともに殺されている。それは単なる偶然でしかないのだろうか?――

疑問はどんどん広がり、深まってゆくばかりだ。

(智秋次郎は、どこで『日光』を見たのだろうか?――)

ふと浅見はそのことを思った。『日光』で何を発見したのか――という以前に、智秋次郎が『日光』を見た場所が分かれば、調べる範囲がぐんと狭くてすむ。何しろ、国会図書館でさえ全部は揃わないほどの稀少《きしょう》なのだ。智秋が『日光』を見た場所がどこであろうと、国会図書館ほど多くの数の『日光』があったとは考えられない。

浅見は『日光』を図書館に返却して、智秋牧場の朝子に電話した。電話口には若い男が出て、こっちの名前も聞かずに、すぐに朝子を呼んでくれた。

「あ、浅見さん、ですか……」

朝子は戸惑ったような声を出した。

「先日はどうも。あれから沼田警察署に連行されまして、ひどい目に遭いました」

浅見はわざと快活に言った。

「はあ……そう、でしたか……」

朝子の乱れた口調から察して、やはりあの日、警察にサシたのは智秋家の連中だったにちがいない、と浅見は思った。もしかすると、朝子本人かもしれない。

しかし、いまとなってはそれはどうでもいいことだ。

「あの、それで、何か？……」

おそらく朝子としては、浅見が何かその件で難癖をつけるのではないかと、不安なのだろう。

「じつは、あなたの叔父さんのことで、ちょっとお訊きしたいのですが、叔父さんは短歌に造詣《ぞうけい》が深かったのでしたね？」

「え？　ええ、まあそうですけど」

「それでですね、叔父さんの蔵書には短歌関係の本が沢山あると思うのですが、その中に『日光』という本があるかどうか、分かりませんか？」

「え？『日光』ですか？　それ、本の名前ですか？」

「ええ、そうです。ただし、旅行案内や地理の本じゃなくて、短歌の雑誌――それも大正時代に発行された古い雑誌なのです」

「大正っていうと、ずいぶん昔ですね。そんな古い雑誌があったかしら？……私は叔父の部屋にはよく入りますけど、いままで気がついたことはありません」

「いちど、詳しく調べていただけないでしょうか？」

「それは、まあ、いずれ叔父の蔵書を整理しなければならないとは思っていますけど、すぐにその作業に取り掛かるのは……」

「あの、もし差し支えなければ、僕がそちらに伺って、お手伝いしてもいいのですが……いや、そうしましょう。明日にでもそちらへお邪魔します」

朝子が返事に困っているうちに、浅見は急いで受話器を置いた。

ことしの冬の暖かさは異常だ。上越国境の山々には、山頂付近を除けばほとんど雪が見えない。日光金精峠もまだ通行可能なのだそうだ。

一度、雪に覆われた智秋牧場も、すっかり地面が露出して、周辺の枯れ木立がいまにも芽吹きそうな、のどかな雰囲気であった。その代わり、霜溶けした地面はドロンコ状態で、車を降りたあとの道路は、歩きにくいことおびただしい。

浅見の突然の訪問を、添田場長の苦い顔が出迎えた。

「何か用ですか？」

そっけない態度で訊いた。

「ええ、智秋さんのお嬢さん、朝子さんに電話で了解を取ってありますから、取り次いでください」

添田は疑わしそうな目をしたが、それでも朝子を呼んできた。

「どうぞお上がりになって」

朝子も添田に輪をかけたように、冷たい表情で、クルリと背を向けると、奥へ歩きだした。

浅見は遅れまいと、ついて行った。

暖炉のあるリビングルーム兼食堂の奥のドアを抜け、廊下に面した二つのドアの前を通り過ぎて、三つ目のドアの前で、朝子は立ち止まった。

「叔父の部屋はここです。まだほとんど何も整理していませんので、書棚以外のところには手を触れないでください」

ドアを開け、浅見を先に室内に入れた。自分も続いて入ったが、ドアは開けたままにしてある。

床暖房で温めてあるのか、主のいない室内が暖かかった。浅見はそのことで、朝子が冷たい表情ほどには、歓迎していないわけではないと信じることにした。

「一応、浅見さんに言われたあと、調べてみたのですけど、蔵書の中には『日光』という雑誌は見当たりませんでしたわ」

「そうですか……」

浅見は書棚を眺めながら、正直に落胆した声を出した。本の数は多いことは多いが、かといって、『日光』があるかないかぐらいのことならば、せいぜい二、三時間もあれば調べられそうな分量だ。

「では、ここにはないのかもしれませんね」

「でも、その『日光』という雑誌がどうかしたのですか？」

朝子は訊いた。

「ええ、じつは、叔父さんが伊豆の山田俊治さんに、電話で話しておられたという『日光』という言葉の正体が、その短歌雑誌であるという疑いが強くなったのです」

「そうすると、その短歌雑誌が叔父の事件や、それに山田さんの事件に関係があるということなのですか？」

「僕はそう思っています。ことに、山田さんはその雑誌のことを探している過程で殺されたのですよね。叔父さんの場合といい、単なる偶然だとは考えられません」

「では、叔父が『日光で面白いものを発見した』と言ったのは、その雑誌の中に何か面白いことが書いてあった——という意味なのでしょうか？」

「たぶんそうじゃないかと……しかし、はっきりそうだとは断言できないし、たとえそうだとしても、何を発見したのか、まったく見当もつきません」

「第一、短歌雑誌の中に『面白いもの』なんてあるでしょうか？」

「そうなんですよねえ、そのことも奇妙といえば奇妙なのですが、それだけに不思議がいっぱい——という感じがします」

「不思議がいっぱい……ですか」

朝子の冷たい表情が、浅見の幼稚な口調でかすかに和《なご》んだように見えた。

「もしここにないとすると、叔父さんはどこか、図書館へ行って調べたのかもしれません。それでお訊きするのですが、叔父さんは、失踪なさる前——というより、正確には山田さんにそういう話をする前ということになりますが——東京へ行ったような形跡はありませんか？ 国会図書館で調べ物をするのですから、短くともまる一日はかかったと思いますが」

「いいえ、そういうことはありませんでしたけど」

朝子は即座に答えて、浅見を驚かした。

「ほう、どうしてそんなに簡単に、はっきりしたご返事ができるのですか？」

「なぜって、警察がその頃の叔父の行動について、何度もいろいろ詳しく調べて行きましたもの。それに、祖父がホテルのほうにやってくるというので、旧館のお部屋の大掃除だとか、とにかく忙しい時期だったのです」

「旧館の大掃除、ですか？」

浅見のアンテナが、微妙な電波をキャッチしたように、何かを感じた。

「ええ、新館ができてからは、まるで物置みたいになっていた古いほうのホテルを、祖父が隠居生活に使うと言い出したものですから、てんてこまいでした」

「じゃあ、その大掃除に、叔父さんも参加されたのですね？」

「そうです。私だって手伝いましたもの」

「なるほど……」

浅見はこみ上げる歓喜の気持ちを抑えるのに苦労した。

「その旧館に案内していただけませんか」

「えっ？　でも、いまはホテルとしてでなく、純粋に祖父の住居として使用しておりますのよ」

「ええ、分かってます。それに、できれば、この機会にお祖父さまにもお会いしたいものですね」

「祖父に、ですか？」

朝子は呆れるのと同時に、当惑した顔になった。

「祖父は病気ですし、それに気難しいひとで、見知らぬ方にお会いするかどうか……」

「大丈夫ですよ」

浅見は自信たっぷりに言った。

「次郎叔父さんのことで、お話ししたいことがあると申し上げれば、必ずお会いになります」

「はあ……」

朝子は浅見の言うとおりかもしれないと思った。祖父は、一族の中では、朝子以外には次郎叔父だけに心を開いていたのだ。それにしても、この浅見という男は、智秋家の実情にどこまで通じているのか——と、少し恐ろしい気もした。

菱沼温泉ホテルの旧館は、もともとは智秋家の夏の別荘——というか、山小屋のように使われていた建物を、お客が宿泊できるように増築し、一部を改築したものだ。したがって、もとの住居部分には、囲炉裏《いろり》のある居間や、天然水が絶えず流れている水屋など、古い農家のような和風建築の特徴が残されている。朝子の祖父・智秋友康はそこで少年時代の夏を過ごした。

友康がその懐かしい家を隠居所と定めたのは二年前、まだ充分に健康だった頃のことである。しかし、遠からず死を迎えることを予感したとき、友康はふたたびその家に戻った。そういう感傷は、朝子にも理解できるように思えるのだった。

浅見の予言どおり、友康は朝子の危惧を吹き飛ばすように、客に会うことをあっさり了承した。

「すぐにここに連れてきなさい」

朝子が浅見の名刺を見せると、友康はベッドの上に仰向《あおむ》けに寝たまま、しっかりした声でそう言った。それから自力で半身を起こし、付き添いの看護婦に羽織を着せるように命じた。

智秋友康はちょうど八十歳。かつての堂々とした体軀《たいく》からは想像もつかないほどに痩《や》せこけてしまったが、鋭い眼光はむしろ凄味《すごみ》を帯びてきた。

浅見はその眼に射竦《いすく》められそうになる気持ちを、相手の眼を見返すことで耐えた。

「浅見といいます、ご静養のところ、お邪魔して申し訳ありません」

「いや、気にすることはない。わしはただひたすら、死神がやってくるのを待っているだけの人間だからな」

友康は笑いもせずに言った。

「あんた、浅見秀一《しゅういち》さんの息子さんじゃろうが」

「えっ？　父をご存じですか？」

浅見はさすがに驚いた。

「ああ、知っておる、父上が大蔵省の局長さんだった頃——いや、それより以前から、いろいろお世話になった。西ケ原のお宅にも、何度かお邪魔しているが、あんたはまだ赤ん坊だった頃かな。しかし、あんなに若くして逝《ゆ》かれて、惜しいことでしたなあ……

戦後の混乱期に、智秋がどうやら世間並みになれたのも、あんたのお父上のお陰と言ってよろしい」

「そうでしたか……それはまったく知りませんでした」

「そりゃ知らんじゃろうな。しかし、浅見さんはよく二人の息子さんの話を聞かせてくれたもんじゃよ。ご長男は秀才だが、歳《とし》の離れた弟のほうは、さっぱりわけの分からん次男坊だと言ってな」

「はあ、そのわけの分からない次男坊が僕です」

「はは、いやいや、お父上は悲観的に言っていたわけではありませんぞ。自分の理解を超えたような息子だという意味で言われたのだと、わしは思っておる」

「ありがとうございます」

浅見は頭を下げながら、父がちゃんと自分を見ていてくれたことをはじめて知って、深い感動にうたれた。

「ご長男はたしか、警察庁の刑事局長さんだったかな?」

「はあ、よくご存じで」

「そのくらいのことは知っていて当然でしょうが。それで、あんたは何をしている?」

「フリーのルポライターです」

「ふーん……」

友康は眉根《まゆね》を寄せた。あまり気に入った答えではなかったらしい。

「そうすると、次郎のことで話があるというのは、何か記事にでもするつもりで来たのかね？」

「いえ、そうではありません。次郎さんの事件の真相を調べているのです」

「次郎の事件？……」

「あの、浅見さんは、私立探偵もなさっていらっしゃるんですって」

朝子が脇から助け船のように言った。

「私立探偵かね……」

また、あまり感心しない様子で、愉快でない口振りであった。

「でも、ふつうの探偵社の人みたいなのとはぜんぜん違うのですから」

朝子はムキになって浅見を擁護《ようご》していた。

友康はそういう朝子を煙ったそうに目を細めて眺めてから、言った。

「それで、その探偵さんが、このわしに何の用事なのかな？」

「こちらには古い書物などが保管されているのではないかと思うのですが」

「ん？」

浅見の質問が思ってもいない内容だったので、友康は珍しく戸惑った表情を見せた。

「そりゃ、ないこともないが……」

「その中に、たぶん、『日光』という古い短歌雑誌があると思います。それを拝見させていただきたいのです」

「日光？　短歌雑誌？……」

「ご存じではありませんか？」

「うん、わしは短歌には趣味も興味もない。ああいう脆弱《ぜいじやく》なものは嫌いでな。次郎が何やら、そのようなことをやっておるらしいので、一度、怒鳴ったことがある。あいつは非情になれん男だから、事業には向かないとは思っていたが、それでも短歌だけはやめてもらいたかったもんでな。しかし、いまにして思うと、あいつだけがわしの身内の中では唯一、人間らしい生き方をしておったのかもしれんな」

「短歌をやめさせたかったのには、何か理由があるのでしょうか？」

「うん……」

頷《うなず》いたきり、友康は黙った。

長い沈黙のあと、浅見は静かに言った。

「失礼なことを申し上げるようですが、奥様は短歌をなさったのではありませんか？」

「…………」

友康は眉をひそめた。暗黙のうちに肯定している顔だ。事情は推量するしかないが、友康と夫人のあいだには、短歌をめぐって、悲劇的な軋轢《あつれき》があったにちがいない。

「もしかすると、このお宅のどこかに、奥様の遺品などが蔵《しま》われてはいませんか？」

浅見の質問に友康は黙ったまま、仕方なさそうに頷いてみせた。

「それでしたら、たぶん奥のお部屋にあるあれでしょう？」

朝子は立ち上がった。友康はちょっと抗議するような目を朝子に向けたが、結局、何も言わずに、看護婦のほうに疲れた視線を送って、「寝るぞ」と言った。

3

古い屋敷などには「あかずの間」というのがある。遠野《とおの》物語や「座敷わらし」の伝説の中にも、そういう部屋のことが書いてあったような記憶が、浅見にはあった。

智秋友康の亡妻・薫子《かおるこ》の遺品を蔵ったという部屋が、まさにその「あかずの間」を連想させた。

長く暗い廊下を突き当たりまで行った左側の部屋で、古色蒼然《こしょくそうぜん》とした襖《ふすま》が四枚、いかにも冷たそうな無表情を湛《たた》えて閉じられている。襖絵は山水画らしいけれど、何が描かれているのか、はっきりしない。しかし、ところどころに金の彩色が施された形跡があり、かつてはなかなか立派なものだったことを思わせた。

朝子は中央の二枚の襖を左右にいっぱいに開けて、浅見に「どうぞ」と言った。

部屋は板敷きであった。意外そうな浅見の表情を感じ取ったのだろう、朝子は「ここは、前は畳が敷いてあったのです」と、弁解するように言った。

「でも、畳だと湿気を呼ぶからって、叔父が遺品の整理をする際に、全部、板敷きに変えてしまいました」

おそらく、智秋次郎には母親の遺品を完全なかたちで残したいという意向があったのだろう。畳を板敷きに変えると同時に、部屋の周辺や中央に、がっしりした棚を設《しつら》え、その棚に、まるで博物館を思わせるような入念さで、さまざまな調度品や道具類や書物を整理してあった。

部屋の広さは十六畳ぐらいだろうか。幾重《いくえ》にもなった棚に蔵われているとはいえ、それほど膨大な遺品というわけではない。

蔵書もおよそ数百冊という程度のものであった。

その中に『日光』があった。全部で五冊。バックナンバーは、大正十四年三月号・七月号・八月号・十一月号・十五年三月号——であった。

「ありましたね」

浅見は感慨が胸に迫る想いで、思わず『日光』の表紙を、恋人の髪をいとおしむように撫《な》でていた。

「ええ、ありましたのね」

朝子もおうむ返しに言った。

浅見が心の底から、『日光』との出会いに感激している様子を見て、朝子はこの青年が急に身近な存在になったように思えた。

「拝見します」

浅見は、まるでそこに人間がいるように、軽く一礼してから、『日光』の表紙をめくった。

国会図書館にあった本は、大勢の人に閲覧されていたためだろう、かなり傷みがひどかったが、ここの『日光』は保存状態がきわめてよかった。

とはいえ、この短歌雑誌の中に、いったいどういう秘密や謎が隠されているのか、浅見にはまだ分からない。

いくらページを繰ってみても、やはりこれまで見てきたほかの号と似たような内容だ。

短歌と詩と評論が、すべての本に共通していて、それ以上の「何か」が出てきそうな感じはしない。

「叔父さんは、いったいこの本で、何を発見したというのでしょうかねえ……」

ただ意味もなく、ページを繰る作業を続けながら、浅見はついに弱音《よわね》のような言葉を洩らした。

そう言われても、朝子にはなおのこと、分からない。

「本当に、叔父はこの雑誌の中から、何かを発見したのでしょうか？」

「そうとしか考えられません。いや、叔父さんだけならともかく、土肥の山田さんが殺された事件も、同じ根っ子から発生しているみたいですからね」

浅見の手は最後の五冊目『大正十五年三月号』にかかった。

「おや？……」

浅見は低い呟きを洩らした。

朝子は（何か？——）と、顔を寄せてきた。ほのかな香水の匂いが、浅見の鼻をくすぐった。しかし、いまはそれを楽しんでいるような余裕はない。

「ここに栞《しおり》が挟んでありますよ」

「あら、ほんと……」

これまで見てきた中で、栞が挟んであった本は、これがはじめてだ。浅見は胸騒ぎを覚えながら、栞のページを開いた。

しかし、開いてみて、落胆した。べつに何の変哲もない、またしても同じような短歌の羅列であった。ことにこのページは、全国からの応募作品を載せたもので、それほど注目すべき作者の名前があるわけでもなかった。

見開き二ページにまたがって、応募作品は約三十首ほどが並んでいる。

浅見はそれらの歌をひとつずつ、黙読していった。どの作品も一応、選者の目に適《かな》ったものだけが掲載されているのだろう、なかなか優秀な歌が揃っている。

とはいっても、それだけのことだ。その前後のページも応募作品を掲載してあって、何か特別な意味があって栞を挟んだというわけでもなさそうだった。

しばらく眺めてから、浅見は首を振ってページを閉じた。

せっかくの思いつきも、結局、得るところがなく、空振りに終わった。

なんだか、あてのない放浪の旅を続けているような虚《むな》しさを感じた。ただし、土肥の山田俊治が、『日光』を調べようとしていて殺された——という事実が、わずかに浅見の使命感を支えているといってよかった。

「何か……必ず何かあるはずです」

浅見は自分に言い聞かせるように、五冊の『日光』を睨みながら、言った。

「でも、大正十五年に出た本が、現代の事件に関係があるなんて、ちょっと信じられない気がしますけど」

朝子は悲観的だ。

「しかし、その本がここに残っているというのは、まぎれもない現実ですよ」

浅見は憤《おこ》ったように、言った。言いながらふと思いついた。

「そうだ、なぜこの五冊だけが残っているのですかね?」

「そうですね、どうしてかしら?」

二人は顔を見合わせた。暗くて寒い部屋の中で、互いの位置が急に身近に感じられて、どちらからともなく、すっと身を引いた。

「そうですよ、四年近くにわたって発行された雑誌なのに、なぜこの五冊だけが残っているのか、ちょっと不思議ですよね」

浅見は朝子の目を見つめながら、じつは朝子を見ていない。頭の中のスクリーンには、いま浮かんだ「謎」がモヤモヤとしているばかりだった。

「大正十四年から大正十五年までといえば、あなたのお祖母《ばあ》さんはおいくつぐらいだったのかな?」

「えっ？　祖母ですか？　祖父がいま八十歳で、祖母もたしか同《おな》い歳《どし》ですから、たぶん十七歳か十八歳ぐらいだったのじゃないでしょうか？」

「そうすると、智秋家にお嫁に来る前だったかもしれませんね」

「ええ、そうかもしれません」

「もしかすると、お祖母さんは文学少女だった可能性もありますね」

浅見の目がいきいきと輝いた。

「この五冊には、お祖母さんの投稿作品が載っているのかもしれませんよ。お祖母さんの旧姓は何ていうのですか？」

「桑島《くわしま》です、桑島薫子」

「薫子さんですね。はたしてその名前があるかどうか。とにかく、もう一度、手分けして調べてみましょう」

浅見は一冊を自分の前に、もう一冊を朝子に押しつけて、あらためて、最初の号から調べはじめた。今度は応募作品のページだけを重点的に調べるのだから、それほどの大作業ではない。

「ありましたよ」

浅見はすぐに「桑島薫子」の名前を発見して、叫ぶように言った。

「こっちにもありました」

朝子も呼応して、歓《よろこ》びの声を上げた。ほかの三冊にも、やはり薫子の投稿歌が掲載されていた。思ったとおり、薫子は自分の入選歌が掲載されている雑誌だけを、大切にとっておいたのだ。

「この本は、お祖母さまの青春の日の宝物だったのですわね」

朝子はそう言っただけで、もう涙ぐんでいた。結婚すると同時に、気難しい智秋友康は、妻が歌を詠《よ》むことを禁止したにちがいない。この五冊の『日光』は、薫子が嫁入り道具の中にそっと秘めてきた大切な思い出の品だったのだろう。

「では、叔父がこの本で発見した『面白いもの』というのは、この祖母の歌だったのでしょうか？」

「うーん……」

浅見は唸《うな》った。たとえそうだとしても、それがどういう意味を持つのかは、いぜん、謎でしかない。いま言えることは、この五冊だけが残されていた理由が分かった――というにすぎない。

しかも、さっきの栞は、薫子の投稿歌があったページとは、まったく違うページに挟んであったのである。

「だめですね……」

ついに浅見はサジを投げた。

「もう、僕の知恵では何も浮かんできません。何か違う観点から考えなければならないのかもしれませんね」

「はあ……」

浅見の意気消沈ぶりを見て、朝子までが悲しい気分になった。

「せっかく、こんなに一生懸命なさったのに、何も収穫がないなんて……」

「いや、いいんですよ。こういうことには慣れています。謎を解く道はいくつもあるのですから、その一つが迷路にぶつかったとしても、必ずほかの道を探してみせますよ」

「まだほかにも道があるのでしょうか？」

「ありますとも。たとえば例の、山形県の日向川のことだって、まだ手つかずのままですからね」

「でも、あれはただの偶然にすぎないのじゃありませんか？」

「そうかもしれません。調べてみて、それならそれでもいいのです。ただ、叔父さんが『ニッコウで面白いものを発見した』と言った直後に失踪し、おまけに、ニッコウという名の川の傍に車が乗り捨てられていたというのは、偶然の符合としてはあまりにも出来すぎているように思えてなりません」

浅見は疲労を吹き飛ばすような、気負った口調で言った。

「とにかく、また新しくやり直しますよ。謎解きのゲームは、難しければ難しいほど、アタックのしがいがあるものです」

最後に大きな笑顔を作って、朝子の肩をポンと叩いた。

広間に出ると、そこに中年の男女が待ち受けていた。

「叔父と叔母です」

朝子は硬い表情で浅見を紹介した。

「智秋公三です、これは家内の房子」

公三は表面は如才《じよさい》なく振舞っている。しかし、眼の奥には威圧するような意思が感じられて、浅見は思わず、視線を逸《そ》らした。

「浅見さんは、何か調べ物をなさっておられるそうですな」

ソファーに座るように手を差し延べながら、公三は言った。

「はあ、次郎さんが残された短歌をまとめて出版できればと思っています」

浅見はあっさり、嘘をついた。朝子はびっくりした目を浅見に向けた。

「そうですか、それは兄もさぞかし喜ぶことでしょう……しかし、いまは母の遺品をお調べのようだったが？」

「ええ、そうさせていただきました。次郎さんの短歌の才能は、やはりお母さん譲りだったのですねえ」

「ほう、母が短歌をやっていたとは知りませんでしたが、どうしてご存じなのかな？」

「日光という、古い短歌雑誌がありまして、それにお母さんの歌がいくつも入選しているのです」

「日光……」

公三の目がキラッと光った。やはり、山田の言っていた「日光」の話には、なみなみならぬ関心があるのだろう。

「日光という雑誌があるのですか？」

「ええ、昔ですがね。昭和二年に廃刊になった雑誌です」

「ふーん……」

公三は考え込んだが、結局、何の解答も得られなかったらしく、首を横に振った。

「ご夫妻は、こちらにずっとご滞在だそうですね？」

浅見は房子に向けて訊いた。

「ええ、義父《ちち》があういう状態なものですので、身内の誰かが付き添っておりませんとね、安心できませんでしょう。主人は父親思いなものですから、仕事を放っておいてでも、ここにいたいと申しまして。まあ、会社より親のほうが大事だと思うのは当然なことでございましょうけれど……」

おほほほ——と、房子は意味不明に笑ってみせた。公三の細長い顔と対照的な丸顔で、少し目尻《めじり》の下がった愛嬌《あいきょう》のある顔だが、それだけに内に秘めた本心の部分が読み取りにくい怖さがある——と浅見は思った。

「ところで、父は浅見さんに何か依頼したのでしょうか？」

公三は厳しい目を向けて訊いた。

「いえ、べつに何もご依頼は受けておりません」

「そうすると、こちらに見えたのは、単に兄のその、短歌ですか、そのためにだけということでしょうか？」

「ええ、一応はそうです」

「一応……というと、まだほかにも目的がおありなのかな？」

「はあ、できれば、次郎さんの事件の謎を解きたいと思っています」

「兄の事件を？」

公三は眉をひそめた。

「しかし、それは警察がやることでしょう。こちらでお願いしたのならともかく、あなたにそのことで、私立探偵もどきに智秋家に踏み込まれてはかないませんなあ」

「叔父さま」

脇から朝子が言った。

「浅見さんは善意でなさってくださっているのです。そういうおっしゃり方は失礼じゃありませんか」

「朝子は黙っていなさい。それとも、おまえ、浅見さんにそういうお願いでもしたのかな？　だとしたら、それはいささか出過ぎた行為だぞ」

「いえ、頼まれたわけではありませんよ」

浅見は微笑を浮かべながら、言った。

「あくまでも僕が物好きでやっていることです。その件に関しては、こちらには何もご迷惑をかけるつもりはありません」

「そうはおっしゃっても、現にこうして調べ物をなさっておいでだ。無関心ではいられませんなあ」

「申し訳ありません。今後はもう、こちらに伺って調べ物をするようなことはないと思いますので、朝子さんをあまり責めないであげてください」

浅見は頭を下げて、立ち上がった。

朝子はまだ何か言いたそうに、唇を震わせている。

「では、これで失礼いたします。会長さんにはご挨拶しないで帰りますので、よろしく、お大事にとお伝えください」

浅見は丁寧にお辞儀をすると、朝子の腕を軽く摑んでから、広間のドアに向かった。

「ごめんなさい、あんな失礼なことを言って、不愉快でしたでしょう？」

車に戻ると、朝子は恐縮そうに言った。まだ怒りが消えないらしい。

「気にしないでください。僕は何とも思っていませんから。しかし、叔父さんは相当に警戒していますねえ。驚きました」

「そうなんです。ああいうのを疑心暗鬼《ぎしんあんき》というのかしら。叔父夫婦は、何でも疑ってからないと気がすまないようなところがあるんですよね」

「ははは、そういうあなたも、鬼のように目を吊《つ》り上げていましたよ」

「えっ？……」

朝子は慌てて、バックミラーを自分のほうに向けて、目元に指を当てている。

「嘘でしょう、そんなひどい顔はしていなかったでしょう？」

「もちろん美しい顔に変わりはありませんけどね。しかし凄味はありました」

「そんな……」

朝子は悲しそうに口をすぼめて、それっきり黙りこくってしまった。

4

ニュートンがリンゴの実の落ちるのを見て、万有引力の法則を発見したように、着想というものは、まったく思いもかけない、瑣末《さまつ》的なことから起きるものだ。

リンゴの実の落ちる現場など、おそらく古今東西の何億という人間が見ているだろう。しかし、その中の誰ひとりとして、リンゴの落下に不思議を感じない。

ニュートンだって、子供の頃から何度も見ていたはずだ。それがあるとき、そのときだけ、ふと「？」と思った。なぜリンゴは落ちるのだろう？——

浅見が謎の第一の難関を突破するに到ったのも、まったく予期せぬ出来事からといってもいい。

その朝、浅見は新聞を見ていた。

一人だけ遅く起きて、例によって須美子にいやみをタラタラ言われながら、少し焦《こ》がしすぎのトーストと、充分に薄められたコーヒーをあてがわれ、文句も言えずにテーブルに向かっている、なんでもない、いつもどおりの朝のひとときであった。

新聞の社会面に、来年の正月、宮中で行なわれる歌会始の儀式のための、一般から公募した詠進歌《えいしんか》の入選者が発表になった——という記事が出ていた。

もし、これまでのように、短歌にまったく興味のない浅見だったら、何の関心も抱かないまま、そんな記事は飛ばして読んだにちがいない。

だが『日光』以来、浅見は少し変わった。興味がないどころか、短歌ノイローゼになるほど、短歌のことが頭を離れない。

（詠進歌か——）

記事を読むと、入選者の喜びの言葉がいくつか出ていて、どれも「身に余る光栄」だとか、「短歌をやっていてよかった」とか、感涙にむせぶ様子が手に取るように分かる。

全国に何百万人いるか知れぬ、短歌愛好者たちの中から、わずか九人が選ばれるのだそうだ。短歌界の頂点といってもいい、いわば超エリートの座を射止めたわけだから、これ以上の幸運も、これ以上の名誉もないにちがいない。

九人の中の一人は、二度目の入選だというから、喜びも一入《ひとしお》だろう。

その辺までは、浅見はただ漠然と傍観者の目で新聞を読んでいた。

そして、ふっと、何か天啓のようなものが閃《ひらめ》くのを感じた。

何なのか、天啓の正体ははっきりとは見えない。しかし、たしかに何かが自分の頭の中で小さな光を灯《とも》し、それが、ちょうど湖面に石を投げたときのように、波紋を広げてゆくのを感じたのだ。

浅見は飲みかけのコーヒーを口許まで持っていった格好で、動かなくなった。動くと、せっかくの着想がこぼれ落ちてしまいそうだった。

「坊ちゃま、コーヒーがこぼれてますよ」

須美子が金切り声を上げた。

「ん？……」

慌ててカップを動かしたものだから、かえってタプンと、コーヒーが溢《あふ》れ落ち、床のカーペットを汚した。

「あらあら、大変！」

須美子の大袈裟《おおげさ》な叫び声で、まとまりかけた着想が、雲散霧消した。

「変なときに声をかけるなよ」

浅見は珍しく須美子に文句を言った。

「あら、コーヒーがこぼれているのをお教えしたのに、そういうおっしゃり方をなさるのですか？」

須美子はティッシュペーパーで、浅見の足下《あしもと》を拭《ふ》きにかかった。上目遣《うわめづか》いに睨まれ、そういうふうに逆襲されると、浅見はたじたじとなった。

「いや、教えてくれるのは構わないけどさ。いまはちょっと考えごとをしていたものだからね。なるべくその、静かにしていてもらえれば……とか思ってさ」

気弱そうに言った。

「考えごとじゃなくて、新聞を読むのに夢中になっていらっしゃったんじゃないですか。だいたい、お食事中に新聞をお読みになるのは、大奥様に禁じられていらっしゃるはずですけど」

「そうだね、そう、たしかにそうだけどさ。いまは考えごとだったのだよ。この歌会始の記事が気になってね」

「あら、坊ちゃまが短歌をなさるとは知りませんでした」

「いや、僕は短歌なんかなさらないよ。なさらないけど、いまはちょっと、ある事情があって、興味を持っているんだ」

「でしょうねえ。坊ちゃまには短歌は似合いませんものね」

「そんなことはないと思うけど……そんなこと言うなら、須美ちゃんはどうなのさ。少しはやるのかい？」

「ええ、あまり上手じゃありませんけどね。でも、うちの田舎では盛んですよ。私の母方の叔父が、何年か前に、歌会始に入選したことがあるのです」

「へえー、そうなの、そりゃすごいねえ。じゃあ、地元では大変な騒ぎだったろう」

「ええ、もう、たちまち大先生みたいに祭り上げられてしまって、名誉町民にもなったのじゃないかしら」

「ふーん、そんなに大層なことなのか」

浅見はもう一度、記事に視線を戻した。

「短歌の道を志す人たちっていうのは、誰もが歌会始に入選することを目指しているものなのかなあ」

「たぶんそうだと思いますよ。最近は『サラダ記念日』みたいにベストセラーが出たりするけれど、短歌なんて、もともとお金になるもんでもないし、上手か下手かだって、はっきりしないでしょう。ただ好きでやってるみたいなものだけど、でも、投稿した歌が雑誌に載ったりすると、嬉しいんですよね。歌会始なんかだったら、もう最高の名誉でしょう。名誉はお金では買えないものですよね。私なんか、いくら出してもだめに決まっているから、畏《おそ》れ多くて応募したことはありませんけどね。毎年、何万だかの歌の中から選ばれるのじゃないかしら。宝くじに当たるみたいなものですよ」

須美子は好きな趣味の話だから、少し興奮ぎみに喋っている。

浅見は「なるほど、なるほど」と相槌《あいづち》を打ちながら、ふと、智秋次郎はどうだったのかな？——という考えが浮かんだ。

思いつくと同時に、浅見はトーストを放り出して、電話に向かった。

智秋牧場の番号をプッシュすると、場長の添田が出た。またか——というような感じで、「お嬢さまをお呼びするのですか？」と言った。

分かりきったことを——と思ったが、浅見は低姿勢で「お願いします」と言った。

朝子は添田とは対照的に、爽《さわ》やかな声で呼びかけてきた。

「このあいだは、ほんとうにありがとうございました」

浅見は彼女のそういう声を聞いただけで、あらゆる労苦が報われるような思いがした。須美子の言葉ではないが、たしかに名誉はお金では買えないのである。

「ちょっと、つかぬことを訊きますけど、叔父さんは、宮中の歌会始に応募されたことがありますか？」

「歌会始、ですか？」

突然、妙な質問に出くわして、朝子は戸惑っている。

「さあ、どうかしら？　私は叔父から、そういう話を聞いたことはありませんけど」

「もし入選していたとしたら、分かりますよね？」

「もちろん分かると思います。いえ、叔父は自慢するようなことはしないと思いますけど、自然に分かるはずですし……でも、それがどうしたのですか？」

「いや、大した意味はないのですが。いま新聞で歌会始に入選した人たちの記事を見ていて、何となく気になったものですから」

「気になるって、何がですか？」

「それが分からないのです。何だか分からないけれど、妙に気になる……そういうことってありませんか？」

「え？　ええ、そんなこと、私にはありませんけれど」

笑いを含んだ声で、朝子は言った。

「しかし、歌会始に入選するというのは、短歌をやっている人にとっては、夢のような名誉なことなのでしょう？　だったら、叔父さんもひそかに応募しておられた可能性はありますよね」

「ええ、それはまあ、そうかもしれませんけれど……でも、叔父はそういう、なんていうか、名誉みたいなことには、わりと無関心でしたから。そういうのに応募する気はなかったのじゃないかしら。それに、たとえ入選するようなことがあっても、ひけらかしたりはしなかったかもしれません」

　言いながら、朝子は思い出した。

「そういえば、叔父のお葬式に出席してくださった、短歌のお仲間の中には、歌会始に入選なさった方もいらっしゃってましたけれど。その方だって、叔父の歌を絶賛してらしたのですよ」

「そうですか、そんなに質の高い作品を詠んでおられたのですか……」

「でも、そのことが、何か叔父の事件と関係があるのでしょうか？」

　朝子は不安そうに訊いた。

「いや、そういうわけでは……」

　浅見は否定しながら、またしても、頭の中に光の灯るのを感じた。リンゴはなぜ落ちるのか——という、それと同じような着想の曙光《しょこう》である。

　浅見は明らかに、自分が何かをキャッチしつつあることを感じていた。

　だが、その「何か」が見えてこない。見えそうでいて、いざ焦点を見定めようとすると、まるで乱視の目で見るように、物の中心がぼやけてしまう。もどかしい思いが背筋を這《は》いのぼってくる。

「もう今年も暮れますのね」

朝子は浅見の焦燥を知らぬげに、のんびりした口調で言った。

「そうですね」

いまはそんな話をしている場合ではない——という気がするのだが、浅見も仕方なく、答えた。

「お正月、浅見さんはお忙しいのですか？　それとも、ハワイとか、遊びにいらっしゃるのかしら？」

「いえ、僕はいつも寝正月ですよ。今年もたぶんそうなるでしょう」

「あの、でしたらこちらにお遊びにいらっしゃいませんか？」

「はあ、じゃあ、あなたはそこで年を越すのですか？」

「ええ、東京にはしばらく帰らないつもりでいますから」

「ほう……それは、お祖父さんの看病のためですか？」

「それもありますけど……ええ、まあ、そのためですわね」

朝子の語調の乱れは、浅見に智秋家が抱えている複雑な状況を想像させた。

智秋友康はまだ「明日をも知れぬ」というほどの病状とは思えなかった。しかし、老齢は老齢である。突然の死の訪れも、ないとは言いきれないだろう。そうなる前に、友康は智秋家の将来について、決定を下さなければならない。

智秋グループ傘下《さんか》にある企業のどれが誰の手に委《ゆだ》ねられるのか、現在の時点では、すべての決定権が友康の手にあるはずだ。

友康の三男・智秋公三は房子夫人とともに、ベッタリと友康に張りついている。朝子にしてみれば、父親になり代わって、その叔父と対抗するような、緊張した気持ちで毎日を送っているのだろう。あの公三夫妻と朝子の露骨に対立した様子を見て、浅見は(健気《けなげ》だな——)と思う反面、何か朝子が哀れに思えてならなかった。

添田をはじめとする、牧場の連中にしても、いまでこそ朝子に忠実に従っているとはいえ、経営権が公三に移りでもすれば、そうはいかなくなるだろう。

一見、気性の激しい女性に見えて、その実、朝子の本質は繊細で優しい女らしさで満ちているように、浅見には思える。服装や言動の男っぽさは、それを被《おお》い隠すための、カムフラージュにちがいない。

「お正月、遊びにいらっしゃいませんか」という誘いは、朝子の心の底に潜む、孤立感と寂しさが発した、悲鳴のようにさえ聞き取れなくもなかった。

「じゃあ、お言葉に甘えて、二日にそちらへ伺いましょうか」

浅見は快活に言った。

第五章　宮中歌会始《きゅうちゅううたかいはじめ》

1

暖冬異変もここまでくると、異常気象という感じがしてくる。この正月の暖かさは不気味なほどだった。どこのスキー場も雪不足で四苦八苦だというニュースが毎日のように流されている。

日光も例外ではない。ふだんならとっくに閉鎖されているはずの金精峠が、今年はチェーン規制もなく通れるのである。

その代わり、中禅寺湖の水がマイナス値だとかで、華厳の滝は糸のような細い水をチヨロチョロ流しているありさまだった。

「こんなに暖かいと、牧草がどうなるのか、かえって心配なんですって」

朝子は牧場を眺めながら言った。

こうして屋外にいても、寒風吹き荒《すさ》ぶどころか、まるで東京の公園にでもいるようなポカポカ陽気。違うのは澄み切った空気と、突き抜けるような青空だ。

「浅見さんがいらしてくださるなんて、ほんとのことを言うと、思ってもみなかったんです。でも、だめでもともとと思って」

朝子はいたずらっぽい笑顔で言った。

「いや、それはむしろ僕のほうが言うことですよ。この怪しげな私立探偵もどきを、ご招待してくれるなんて、意外でした。ご両親やそれに、あの叔父さんに叱られるのじゃありませんか？」

「平気です。父と母は東京ですし、じつは、昨日の元旦だけ、東京に帰ってあげましたから、それで娘としての務めは果たしたことになります。叔父のほうは、無視すればいいのです。牧場は私の世界ですからね」

「そうすると、この牧場については、いずれは朝子さんが経営されるのですか？」

「それは分かりませんけど……祖父がどういう決定を下すのかによりけりですもの」

「しかし、次郎叔父さんがいないいまとなっては、ここを継ぐひとはあなたであって、不思議はないのでしょう？」

「さあ、どうかしら?……」

朝子は憂鬱な顔になったが、一転して陽気な声で言った。

「そんなことより、浅見さん、乗馬をなさいませんか?」

「え? 馬ですか? 僕は乗ったことはおろか、触ったこともありませんよ」

浅見は尻込《しりご》みをした。

「大丈夫、私がご指導申し上げます」

朝子は厩舎《きゅうしゃ》の方向に手を上げて合図を送った。すでにそういう段取りになっていたらしく、添田が二頭の馬を引いてやってきた。一頭はみごとな白馬、もう一頭はふつうのおとなしそうな鹿毛《かげ》であった。

「これ、私のユキです。美人でしょう」

朝子は白馬の手綱《たづな》を取って、鮮やかな身のこなしで、つぎの瞬間には鞍上《あんじょう》にあった。背筋を伸ばした乗馬服姿は、見惚《みと》れるほどに美しい。

ひと頃、「お嬢さま」という言葉がむやみに流行《はや》ったが、ユキ号に跨《また》がった朝子は、いかにも颯爽《さっそう》として、生まれながらの「お嬢さま」という感じだ。

浅見のほうは、どうもだらしがない。添田に手綱をおさえていてもらって、ようやく這い上がったものの、鞍《くら》にしがみつくような格好である。

「馬って、背が高いのですねえ。僕はその、高所恐怖症なものだから……」

上がってからそのことに気付いて、浅見は情けない声を出した。

「大丈夫ですよ。馬のほうが利口ですから、振り落としたりしません」

朝子はおかしいのを堪《こら》えた様子で、浅見のそばに寄り添うようにして、ゆっくりと馬を歩ませた。浅見の馬は添田に口輪を取られて、おとなしく歩く。進みながら、朝子と添田は、代わるがわる、手綱の使い方や、脚で馬の腹を挟んで意志を伝える方法などを手ほどきしてくれた。

たしかに馬は利口で、浅見のいうことはともかく、添田や朝子の命令にはきちんと従う。しばらく乗っていると、恐怖感も薄れ、けっこう愉快な気分になってきた。

「もう慣れました」

浅見は添田に言って、口輪を放してもらった。

「馬を走らせるのは、どうすればいいのですか？」

調子に乗って、訊いてみた。

「えっ？　もうですか？　まだ早いのじゃないかなあ」

添田は朝子の顔色を窺《うかが》って危惧したが、浅見は強がりを言った。

「なに、平気ですよ。車の運転よりはずいぶん簡単です」

「でしたら、手綱を緩《ゆる》めて、踵《かかと》でちょっと馬のおなかを蹴《け》るようにしてあげればいいんですけど、でも……」

朝子も心配して、まだ何か注意をしたい様子だったが、その言葉を言い終わらないうちに、浅見はたったいま、朝子に教わったとおりを実行に移した。

浅見が両足で同時に馬の腹にトンと刺激を与えると、馬はびっくりしたように走りだした。浅見はガクンと後ろに反り返り、あやうく転落しそうになった。

走りだすと、歩いているときとは比較にならないほど、馬の背ははげしく上下する。乗り手はそれに合わせてリズムを取って、尻を上げ下げするのだが、浅見の尻は鞍の上でジャンプを繰り返し、そのたびに尾骶骨《びていこつ》がゴンゴン突き上げられた。まるでアメリカのロディオそっくりだ。

浅見の感覚としては、文字どおり「疾駆《しっく》」するような勢いだった。風が耳元でヒューヒュー鳴った。

必死の思いで鞍にしがみつきながら、無意識のうちに、浅見は何やら言葉にならない悲鳴を上げていた。朝子がユキにムチをくれて追ってきた。

「手綱を締めて、腹を挟みつけて！」

叫ぶのを聞いて、浅見は思いきり手綱を引き締めた。とたんに馬は棹立《さおだ》ちになり、浅見の体は空中を跳んだ。

その後は何が何やら分からないことになった。気がついたら、浅見は地面の上で、わずかに横向きになってひっくり返っていた。

「大丈夫ですか？」

朝子がユキから飛び下りて、心配そうに覗き込んだ。はるかかなたを逸走《いっそう》する馬を、添田が懸命に追ってゆくのが見えた。

「ははは、大丈夫ですよ、どうもみっともないところを見せちゃって……」

浅見は照れ隠しに笑ってみせ、それからおもむろに立とうとして、下側になっている右の肩に激痛を覚えた。

「痛ッ……」

浅見は思わず悲鳴を上げ、顔をしかめた。右の手が動かない。無理に動かそうとすると、またはげしく痛んだ。

「どうしました？」

「右の肩を、どうやら、打ったらしい。もしかすると、骨折かな？」

「ほんとですか？　まあ、どうしましょう」

朝子は立ち上がって、添田に大きく手を振った。添田はようやく馬を捕まえて、キャンターで近づいてきた。あんなに狂奔《きょうほん》していた馬が、もう信じられないくらい落ち着いていて、長い顔で、地面の浅見をのんびりと見下ろした。

「浅見さんが肩を打ったの。もしかすると骨折かもしれないんですって」

「えっ、骨折ですか？」

「いや、分かりませんよ」

浅見はかろうじて言った。

「ただの打撲かもしれないけど、とにかく、右手の自由がきかないみたいです」

添田は地面にへたり込んでいる浅見を抱くような格好で、右の肩を摑《つか》んだ。

浅見は「ギャッ」と言った。大袈裟《おおげさ》でなく、死ぬかと思うほどの激痛だった。

「大丈夫です、骨は折れていないみたいですよ。もし骨折なら、失神しています」

添田は頼もしいのか、冷淡なのか分からない口調で言った。

「ごめんなさい、無理に乗馬をお勧めしたりしなければよかったのに……」

朝子はしょげ返っている。

「そんなことはない。僕がいい気になって、走らせようなんて考えたのがいけないのですよ。生兵法《なまびょうほう》は怪我《けが》のもとって、昔の人はうまいことを言ったものです」

強がりを言って、笑おうとしたが、頬のあたりが引きつったようになって、かすかに歪《ゆが》んだだけだった。

ともかくも、寮舎までは添田の肩にすがるようにして戻った。添田に「馬に乗りませんか」と言われたが、それだけはごめんだと断わった。

「叔父の部屋を使ってください」

朝子は言うと、先に走って行って、暖房を入れたり、ベッドカバーを取ったり、かいがいしく働いた。

添田の見立てどおり、どうやら骨折は免れたらしい。痛みはだんだん薄らいできたが、しかし、腕を動かすと激痛が奔《はし》る。筋肉がどうにかなったのかもしれない。肩から上腕部にかけて、ぱんぱんに張って、熱をもってきたようだ。

正月で、近くには医者がいない。菱沼温泉ホテルに詰めている医者は内科医だから、役に立たない。とりあえず湿布《しっぷ》を施して、様子を見ることにした。

「牧場では、こういう事故は珍しくありませんよ。うちの連中も年に何回か落馬していますが、めったに骨折はしません」

添田は慰《なぐさ》めるように言って、浅見の着ているものを脱がせ、大きなガーゼにベッタリと湿布薬を塗って、貼《は》ってくれた。無骨は無骨だが、面倒見はなかなかよさそうだ。

朝子はすっかり気分が落ち込んでしまったらしい。浅見が上半身はだかになっているときは部屋を出ていたが、戻ってきても、少し離れた椅子に腰掛けて、二人の男の遣り取りを眺めているばかりだ。

「ははは、なんだか、朝子さんが落馬したみたいに、元気がありませんね」

浅見が冗談を言っても、悲しそうに微笑するだけで、いつもの勝ち気さの片鱗《へんりん》も見られなかった。

浅見は日光の金谷《かなや》ホテルを予約しているのだが、このありさまでは車を運転して行けるかどうか、自信がもてない。

「金谷をキャンセルして、ここに泊まられたらいかがですか」

添田は言ってくれた。

「そうですねえ……」

浅見はそうするよりしようがないかな――と思った。それに、添田の好意が嬉しかった。はじめはとっつきにくかったが、牧童たちを監督しているだけあって、頼り甲斐《がい》のある男だ。浅見は友情に似たものを添田に感じはじめていた。

「私が金谷までお送りします」

浅見がその気になりかけたのに水を差すように、朝子が言った。

「でしたら私がお送りしますよ」

添田が言うのを制して、「いいの、私が行くから」と、きっぱり宣言するような語調で言った。

「浅見さんのソアラで行って、帰りはタクシーを頼みますから、添田さんは心配しなくていいわ」

「はあ……」

添田は浮かない顔で、朝子を見つめていたが、やがて諦めたように、湿布薬やガーゼ類を片づけて部屋を出て行った。

「そんなにしてくださらなくても……」

浅見は朝子のかたくなな気持ちに戸惑いながら、言った。

「いいんです、そうさせてください」

一途《いちず》に思いつめたような表情が、ますます浅見を当惑させた。馬に乗せたことに、そんなにまで責任を感じられては、かえって恐縮してしまう。言い出したらきかないという、お嬢さんの我儘《わがまま》のようにも思えた。

「それじゃ、お願いしましょうか」

浅見も逆らうのを諦めた。

「叔父さんは、このベッドでこうしていたんですねえ」

気詰まりな雰囲気を解消するために、浅見は天井や周囲の書棚に、視線を巡らせながら言った。

「ずっと独身だったのでしょう。いったいここで、何を考えておられたのかなあ」

「叔父は、もしかすると、死を考えていたのかもしれません」

朝子はポツリと言った。

「詩ですか？　短歌じゃないのですか？」

「え？　ああ……」

朝子はかすかに微笑《ほほえ》んだ。

「そうではなく、死ぬことを考えていたっていう意味です」

「死ぬこと？　どうしてですか？　どうしてそう思うのですか？」

浅見は驚いて、苦痛を忘れ、ベッドに半身を起こしかけた。

2

「叔父が亡くなる直前に書いた短歌に、死のことを詠《よ》んだ作品があるのです」

朝子は次郎叔父の大学ノートを持ってきて、浅見の前に拡げた。

わが夢に入り来てわれを殺しゆく影くろぐろと秋はつづけり

「これは……」

浅見は何か言おうとして、言葉が見つからなかった。

「この歌をはじめて読んだ瞬間、叔父は死を予感していたのじゃないかしらって、私は思いました」

朝子は言った。

「そうですねえ。しかも、この歌の印象だと、単なる死ではなくて、明らかに殺意を感じているというふうに読み取れますね」

「ええ、そうかもしれません。でも、そのときは私は、違うふうに思っていました。たとえば、癌《がん》だとか、そういう病に罹《かか》っていると知った場合でも、『死の影に脅える』というように表現するでしょう。ですから、そういう意味なのかしら——って。でも、叔父があいう死に方をした以上、そうではなく、やっぱり何かの殺意みたいなものを、漠然と感じて、恐れていたのじゃないかしらと思うようになりました」

「うーん……」

浅見は痛みを耐えるような唸《うな》り声を発してしまった。実際、肩の痛みはあったのだが、この場合の唸りは、困惑を意味する。

「しかし、叔父さんはなぜ死を——それも、あなたの説だと、殺されることを予感したのか、それが不思議ですね。何かそういう徴候があったのでしょうか?」

「あったのでしょうね、きっと」

朝子は悲しそうに言った。浅見は朝子の真意が摑みかねて、ますます困惑した。

「なんだか、あなたにも思い当たるものがあるみたいですね」

「ええ……」

朝子は頷《うなず》いた。浅見は驚いた。

「じゃあ、知っていたのですか?」

「いいえ、その頃はもちろん、そんなことは考えてもみませんでした。……でも、いまは思い当たることがあるのです」

「ふーん……何なのですか、それは?」

朝子はしばらく視点の定まらない目で、空間を見据えていたが、「いまは言えません」と呟くように言った。

「あとでお話しします」

「はあ……」

浅見は困惑を与えられたまま、宿題の解けない劣等生のような顔になった。

「そうそう」と、朝子は気分を一新するように言って、立った。

「あれから浅見さんがおっしゃっていた、歌会始のこと、調べてみたのです。そうしたら、叔父のスクラップブックの中に、歌会始の記事の切り抜きがあったんです。ですから、叔父がぜんぜん歌会始に興味を抱いていなかったわけではないのかしらって、そんな気もするんです」

朝子が持ってきたスクラップブックは、智秋次郎が失踪した年の分で、そのはじめのほうに、一月十二日に宮中で催された歌会始に関する記事が貼ってあった。

新春恒例の宮中行事「歌会始」が、十二日午前十時から正殿・松の間で催された。ことしのお題は「あかり」。

こういう書き出しで、歌会始の様子を描写している。歌会始への応募は一人一首にかぎり、半紙に筆書きするのだそうだ。もちろん未発表の作品にかぎる。一人で二首応募したり、すでに発表されている歌に似ていたりしても失格。この年の応募作品は三万二千五百十二首だから、要するにその人数だけは応募者がいたということになる。
当然、応募しない短歌愛好者のほうがはるかに多いのだろうから、短歌人口というのはかなりの数にのぼるにちがいない。『サラダ記念日』が二百万部売れたというのも、あながち単なるファッションとのみはいえないのかもしれない。

式場には、正面ついたてを背に天皇皇后両陛下が座られ、両脇には皇太子殿下、美智子さま、浩宮さま、礼宮さま……

記事は儀式の雰囲気を型通りに伝えている。知り合いの新聞記者に聞いた話によると、宮中の行事の報道には特定のパターンのようなものがあって、失礼な言い回しがあってもいけないし、かといって、戦前のような仰々《ぎょうぎょう》しい表現も控えなければならない。それはそれで、なかなか難しいのだそうだ。

記事のあとには、その日、朗詠《ろうえい》された歌がすべて掲載されていた。天皇皇后両陛下、皇族方、召人《めしうど》、選者らの歌につづき、入選歌が紹介されてある。

「このあいだ、私がお話しした、叔父のお葬式のときにいらしていた方というのは、この方なのです」

朝子の細く長い指が、後ろから三番目の歌を示した。

愛知県　安永重人《やすながしげと》氏

嫁ぎゆく子の明けくれや身にしみて杏《あんず》の花の野の花あかり

「美しい歌ですね」

浅見は言いながら、何か原因不明の胸さわぎを覚えた。脳細胞のひとつが刺激を受けて、思考回路が作動し始めたような、不安感を伴ったショックだった。

「これ、おかしい、ですね」

浅見はコンピュータ言語のように、途切れ途切れに言った。

「おかしいって……何がですか？」

「見たことのある歌です」

「あら、それじゃ、浅見さんもこの新聞記事をご覧になったんですのね」

「いや、見たかもしれませんが、僕は短歌には興味がなかったですから、そんなに熱心に読んではいません。見たのはべつのところでですよ」

「べつのところって？……」

「日光で発見したんです」

浅見は感動を籠めて、言った。

「そうですよ、日光で面白いものを発見したのですよ」

朝子は大きな目をいっぱいに見開いて、浅見の恐ろしい言葉を聞いていた。

「じゃあ、次郎叔父が言っていたのは、そのことだったのですか」

「だと思います、僕の記憶に間違いがなければ」

「確かめましょう」

朝子は立ち上がった。

「僕も行きますよ」

浅見はベッドから足を床に下ろした。肩の痛みはまだ残っていたが、苦痛に耐えられないほどではない。ただ、右手がほとんど痺《しび》れたように動かないのが不便だった。

「私だけで行ってきます。浅見さんはここで待っていてください」

朝子は部屋を出かかって、ふと思い返して戻ってきた。

「あの、三十分ぐらいで戻りますから、ここでじっとしていてくださいね」

「え？　ええ、それは構いませんが」

浅見は、なんだか母親に「いい子にしていなさい」と言われたような、くすぐったい気分だった。

朝子が出て行ってしばらくすると、添田がドアを開けて、心配そうな顔を覗かせた。

「さっき、お嬢さまが急いで出ていかれましたけど、どうかなさったのですか?」

「ああ、ちょっとお祖父さんに会いに行かれたのですよ」

「そうですか……しかし、なんだか様子がふつうじゃなかったみたいでしたが……まさか会長のご容体が悪くなったのじゃないでしょうねえ」

「あははは、それだったら添田さんに第一に知らせるでしょう。そうじゃなくて、本を借りに行っただけです」

「本ですか?」

「ええ、僕がホテルで読むような本があるのでしょう」

「それだったら、先生の本がこんなにあるのに?……」

添田は部屋の本棚を見回して、怪訝《けげん》そうな顔をした。それから浅見の様子に気付いて、部屋に入ってきた。

「いいんですか? 起き上がったりして」

「ええ、湿布のおかげで、痛みはだいぶ引きました。あとは時間をかければ、自然に治るのでしょう」

「ちょっと、見てみましょう」

浅見の肩のあたりの腫《は》れ具合を確かめてから、安心したように頷いた。

「そうですね、かなり腫れも引いたみたいです。大したことがなくて何よりでした」

「まったくご迷惑をかけてしまって、申し訳ありませんでした」

「そんなことは気にしないでください。浅見さんはお嬢さまにとって、大事な人なのでしょうから」

「は？　それはどういう意味ですか？」

「ははは、分かりますよ。お二人はいずれご結婚なさるのでしょう？」

「えっ？　どうして？　驚いたなあ。そんなふうに見えますか？」

「見えますよ、お似合いです。きっとご結婚なさって、この牧場の経営に当たるのだろうって、皆で噂しているのです」

「まさか……冗談でしょう？　僕と朝子さんとはそういう関係ではありませんよ。そんなことを言ったら、朝子さんは気を悪くなさるんじゃないかな。冗談でもそんなことは言わないほうがいいです」

「ほんとですか？」

添田は疑わしそうに、浅見を見つめた。

「ほんとにも嘘にも、僕はただのしがないルポライター。お知り合いになったのだって、つい最近だし、むしろ邪魔者扱いですよ。そういう事情はあなただって知っているじゃありませんか」

「ええ、それははじめはそうでしたが、いまでは違うのじゃありませんか？　お嬢さまは浅見さんを好きになってますよ」

「困ったなあ……」

浅見は自由のきく左手で頭を掻いた。

「そりゃ、僕だってそんなふうに言われれば悪い気はしませんよ。朝子さんは美しいし、魅力的だし、第一、頭がいい。しかし、朝子さんのほうから見ると、僕なんかただのオジンくさい男ですよ、きっと」

「そんなことありませんて。お嬢さまの浅見さんを見る目を見れば、愛していらっしゃることが分かります。さっき落馬したときの、あの心配そうな表情といったら……」

そのとき、ドアが開いて朝子が入ってきた。きつい目で添田を見て、黙ってドアの外を指差した。

「あ、失礼しました」

添田は慌てふためいて部屋を出て行った。

「添田が余計なことをお話ししていたみたいですけど、お気になさらないでください」

浅見のほうを見ないようにして言った。かすかに上気しているのは、寒い外から入ってきたせいだろうか。

「やっぱりありました。それも、叔父が栞《しおり》を挟んでいた場所です」

朝子が拡げた、投稿歌のページに、安永の詠進歌とそっくり同じ歌が載っていた。

「そうでしたか……」

浅見は感慨深い想いと一緒に、吐息のように言った。

「そうすると、叔父を殺したのは、この人なのでしょうか?」

「うーん……それはまだ何とも言えませんがねえ。叔父さんは、こういうスキャンダルをネタに、恐喝をはたらくような人ではないのでしょう?」

「あたりまえですわ!」

朝子は本気で怒った声を出した。

「そんなに怒らないでください。念のために訊いてみただけですから」

「でも、そんなこと……おっしゃるまでもないことですもの」

「すみません、謝ります。何も聞かなかったことにしてくれませんか」

「ええ……」

朝子は涙ぐんでいる。浅見は驚いた。

「どうしたのですか？」

「ごめんなさい、大きな声を出したりして。気の強い、いやな女だと思ってらっしゃるのでしょうね、きっと」

「そんなこと思っていませんよ」

「いいんです、そのとおりなんですから。精一杯、肩肘《かたひじ》を張って、気性の荒いジャジャ馬みたいな女なんですから」

「ははは、それは言えてるかもしれない。下手に近づくと振り落とされそうですね」

「やっぱり……」

恨めしそうに睨まれて、浅見は笑いを引っ込めた。

「嘘ですよ、冗談ですよ。あなたはシンは優しい、ナイーブな女性だと思っています。ただし、誇り高いサラブレッドだけに、いつも頭を上げて、堂々としていなければいけない。そこが、僕みたいな駄馬には分からない、大変な苦労だと思います」

「駄馬だなんて……そんなこと……私には浅見さんがペガサスみたいに見えて、あんなふうに自由に飛べたらいいなって……」

「ペガサスですか？　僕が？　ペガサスどころか、そんなお世辞を言って、気がさすでしょう」

浅見の駄洒落《だじゃれ》に、朝子はようやく笑った。笑いながら、涙を拭った。

3

朝子は運転歴は五年と、それほど短くはないが、ソアラは初めてだし、いつもほとんど左ハンドルに慣れているから、いろは坂を下るときには、かなり緊張していた。日光の市街地に入って、大谷《だいや》川沿いに走り、神橋の隣りの橋を渡ると、右手岡の上に建つのが金谷ホテルである。

ちょうど東照宮と川を挟んで向かいあう位置にあり、客室から眺める風景は、まず日光随一といっていい。

「少し、お話ししていってもいいですよね」

夕刻近かったけれど、朝子はそう言って、ティーサロンに向かった。

「もし遅くなっても構わなければ、食事も一緒にいかがですか」

浅見は勧めた。

「ええ……どうしようかしら」

朝子は小首をかしげるようにしたが、そのまま答えは保留した。

ティーサロンのゆったりした椅子に、包まれるように座ると、ほっと落ち着いた気分になれた。

注文したコーヒーが運ばれてくるまで、二人は黙ってその雰囲気に浸っていた。

「お砂糖、ひとつでしたっけ？」

右手の使えない浅見のために、朝子は砂糖とミルクをいれてくれた。

「お食事のときも、お手伝いして差し上げましょうか」

それはさっきの浅見の誘いに対する、回答のつもりであった。

「あははは、いや、食事を付き合ってくださるだけで充分ですよ。なるべく、左手だけで食えるものにします。いよいよとなれば、肉だって、フォークに突き刺して丸かじりすればいいのだし」

「だめですよ、そんな下品な。私が小さく切ってあげます」

「しかし、そんなに親しそうにしていると、新婚さんか、それとも恋人か何かに思われませんかねえ」

「あら……」

朝子は顔を赤らめた。考えてみると、ここはホテルである。いま、こうしているだけでも、知らない人間が見れば、当然、そういう邪推《じやすい》だって生じるかもしれなかった。

「さっき、叔父の部屋で、添田が変なことを言ってましたでしょう」

朝子は憤《おこ》ったように、口を尖らせて、そっぽを向きながら言った。

「ああ、そう、聞こえてましたか？　嬉しいことを言ってくれましたよ」

浅見はニヤニヤ笑った。

「おしまいのほうだけちょっと、小耳に挟んだのですけど、添田はいったい、何を言ったのですか？」

「ははは、それは内緒。男同士の秘密です。付き合って分かったのですが、あの人は第一印象より、ずっといい人なんですね」

「そうでしょうか」

朝子は無表情に言った。そのそっけなさは浅見にとって意外だった。添田に対しては、朝子は忠実な側近として信頼しているものとばかり思っていた。いや、たしかにそういうイメージだったはずだ。

「添田さんには、ご家族は誰もいないのですか？」

「いいえ、牧場から少し離れた家に住んでいます。奥さんと子供さんが一人。男の子で、いま小学校六年生だったかしら」

「あ、そうですか。僕はまた、いつも牧場にいるみたいだから、ずっとあの建物に住み込みでいるのかと思っていました」

「添田はほとんど泊まりがけですよ。ほんとは自宅から通ってもいいのですけど、添田は自宅より、寮舎にいたほうが落ち着くとか言って……あの人は、子供の頃から、うちの子みたいにして育てられましたから」

「えっ、それはどういうことですか？」

「どういう経緯《いきさつ》があったのか、私はよく知らないのですけど、添田は戦争でご両親を亡くした、みなしごだったのだそうです。終戦の年に、まだ赤ちゃんみたいだった頃、祖父がこちらに疎開するとき、一緒に連れてきて、それからずっと牧場で、父や叔父たちと一緒に暮らしていたという話です」

「そうなのですか。それじゃ家族同然……というより、智秋家は恩人にあたるわけですね。どうりで、忠実な人だと思いました」

「ええ……それはたしかに、そうなんですけど……」

朝子は浮かない顔になった。

「でも、あの人にはちょっと分からないところがあるような気がして……」

「ん？　というと、その忠実さの裏に、何か隠されているということですか？」

朝子の表情が、みるみる曇った。話すべきかどうか、迷っている。それから、思いきったように言った。

「今日、浅見さんがお乗りになった馬は、うちの牧場でいちばんおとなしい馬なんですよね。それなのに、あんなに逸走するなんて、おかしいなって思ったんです」

「いや、それは僕の乗り方が悪かったからでしょう」

「そうかとも思ったのですけど。でも、ちょっと気になって、浅見さんが湿布をなさっているとき、馬房へ行って調べてみたのです。そしたら、おなかのベルトの当たるところに、針で刺したような痕《あと》があって……」

「えっ？」

浅見は驚いて、身を乗り出そうとした。無意識に右手を肘掛《ひじか》けについたとたん、まるであの「事件」を思い出させるように、猛烈な激痛が蘇《よみがえ》った。

「それはどういうことなんですか？」

浅見は肩を押えながら、訊いた。

「浅見さんが、馬を駆けさせようとして腹を蹴ったでしょう。そのとき、腹帯に鋲《びょう》か何かを貼りつけてあって、それが馬を驚かせたにちがいないんです」

「どうして……」

浅見は絶句した。

朝子も自分の言ったことの重大さを思って、憂鬱そうに黙りこくってしまった。

「それじゃ、その鋲を仕掛けたのが、添田さんだというのですか？」

浅見はようやく口を開いた。朝子は小さく、しかし確信を見せて頷いた。

「しかし、なぜ？……」

「あの人は浅見さんを恐れているのだと思います」

「僕を？　恐れる？……どうしてですか？　僕がいったいあの人に何をするというのですか？」

「ですから、あのとき、叔父の部屋で添田が何を話していたかをお訊きしたのです。もしかすると、添田は、私と浅見さんが結ばれると邪推したのじゃありませんか？」

「うーん……それは、たしかにそんなようなことを言ってましたよ。しかし、僕は一笑に付しましたけどね」

「でも、添田にとっては、笑いごとでない、文字どおり一生の大問題なんです。いままでは気付かなかったのですけど、添田はあの牧場を自分の手に委《ゆだ》ねられることが、生涯かけた望みだったのじゃないかって……そう思ったのです」

「それにしても、だからって何も僕を……いや、この程度ですんだからいいですけど、まかり間違うと、首の骨でも折って、死ぬかもしれないじゃないですか」

「それが目的だったとは考えられませんかしら？」

「驚いたなあ……」

浅見は長嘆息した。

「もしそれが事実だとしたら、殺人未遂ですよ。朝子さんは、それを承知の上で言ってるんですか？」

「ええ、もちろん分かっています。それに、現に、叔父は亡くなっているんですから。もし叔父が生きていれば、あの牧場を相続するのは、間違いなく叔父でしたでしょう。叔父がいなければ、牧場を経営していけるのは、添田以外にはいません。少なくとも祖父はそう判断するはずです」

「…………」

浅見は完全に度胆《どぎも》を抜かれたように、返す言葉が出なかった。

「叔父のあの歌ですけど、死の予感があったのではないかって言ったのは、そのことを思ったからです。叔父は漠然と、添田の殺意のようなものを感じていたのではないでしょうか？　もしかすると、『影くろぐろと』と詠んだのは、現実に怪しい人影を見たのかもしれません」

「すごいなあ、あなたはそんなことを考えていたのですか。驚きました」

「そんなふうに、化け物でも見るような目で見ないでください。私だって、そんな恐ろしいこと、考えたくありませんわ。でも、今日のあの馬のことを知って、ひょっとするとそういうことじゃないかしらって、そう思ったんです。そう思っていろいろ思い合わせてみると、不審なことにどんどん思い当たるんですよね」

「たとえば？」

「たとえば、さっき言った、自宅があるのに寮舎を離れようとしないことだって、少しでも油断していると、情勢が変わって、追い出されたりしはしまいかと……それも邪推ですけれど、そんな心配をしているためじゃないかしら」

「うーん……」

浅見は唸った。添田が幼児の頃から、家族同様に育てられたのだとすると、使用人としての忠実な仮面の陰に、ほかの「兄弟」たちに対する羨望や屈辱感や、ときには憎悪《ぞうお》に近い感情だってあったかもしれない。

昨年、広島の大学で教授が殺されるという事件が起きたが、その犯人も、十何年にもわたって教授に仕えた「忠実」な助手だったのである。

（しかし――）と浅見は眉をひそめた。そういう陰湿でドロドロした怨念《おんねん》の世界は、浅見のもっとも苦手とするところだ。単純な銀行強盗や暴力団同士の抗争殺人などには、まったく興味も関心も湧かないが、それは好奇心を刺激する要素がないからであって、眉をひそめることもまったくない。

しかし、ただひたすらに怨念を抱えて——というのには閉口する。つい目を背《そむ》けたくなる。

人間は感情を持つ生き物だから、愛したり憎んだりする過程で、心ならずも殺人を犯すことだってあり得る。

そういう危険性を内包しているからこそ——優しさと憎しみの振幅があるからこそ、むしろ人間は愛すべき生物といえるのかもしれないのだ。常に優しいばかりの人間なんて、面白くもなんともないし、かえって薄気味が悪い。

「いつもニコニコ」という呼び掛けの裏には「現金払い」という底意が隠されているから面白いのである。

とはいうものの、怨念——それもドロドロした——ばかりの犯罪はやり切れない。救いがない。盗人《ぬすっと》にも一分の理があって欲しい。そんなふうに思うのが、浅見光彦という「名探偵」の、唯一の弱点といっていいのかもしれない。

「叔父さんが失踪なさったとき、添田さんはどこにいたのですか？」

浅見は、無意識のうちに、少し事務的な口調になっていた。不愉快な事件とは、なるべく距離を置いたほうがいい。

「はっきりとは憶えていません。牧場の日誌を見れば、あるいは分かるかもしれませんけど。でも、添田は牧場と自宅と、二ヵ所に住居があるみたいなものですもの、どこにいたのか、分からなくても不思議はないと思うんですよね」

「叔父さんが華厳の滝に落とされたのは、常識的に考えて夜間でしょうねえ。そして、そのあと、車を山形まで運んだとすると……いや、車はまったく関係のない人物が盗んだとも考えられるのか……」

浅見は、最後のほうは独り言のように呟き、目を閉じて、いやいやをするように首を振った。少なくとも状況的には、朝子の言うとおり、添田の犯行とする条件に不足はなさそうだった。

「だとすると、叔父さんの死は、山田俊治さんの事件とは関係がないということになりますね」

「ええ、ただ、叔父が電話で『日光』と言ったことが、結果的には山田さんを事件に巻き込んだという意味では、ぜんぜん無関係とはいえないのかもしれませんけれど」

「そのとおりですね。山田さんも、もし『日光』の意味に気付かないままでいれば、殺されることもなかったわけですよね。人間、知らなくてすむことは、知らないままでいたほうがいいということですかねえ」

「あら、浅見さんがそんな退嬰的《たいえいてき》なことをおっしゃるなんて、意外です。もっと、真実に向かって、容赦なく迫る方だと思っていましたのに」

「いや、僕だって、場合によっては退嬰的にもなりますよ。たとえば、あの添田さんを殺人者として認めるようなことには、抵抗を感じてしまうのです」

「それは私だって……いいえ、むしろ私のほうが強く抵抗を感じます。だって、添田は私たちの身内の人間ですよ」

朝子は浅見の弱気を叱咤するように言って、唇を一文字に結んだ。

「分かりました。それで、朝子さんはこれから先、どうするつもりですか？　添田さんを警察に告発しますか」

「それは……」

さすがに、「警察」という名称が出ると、朝子は躊躇《ちゅうちょ》した。

「その前に、一応、私がさっき言ったように、当時の日誌なんかを調べてみます。それに、牧童たちにもさりげなく訊いてみてもいいですし」

「そうですか……しかし、充分注意を払ってくださいよ。あなたが叔父さんの二の舞いにならないように」

「ええ……」

朝子は頷いたが、二人はそれぞれが不安を抱きながら、互いの目を見つめあった。

4

七草《ななくさ》が過ぎても、温暖な冬であった。三月下旬の陽気——という気象庁の発表が、毎日のようにつづいた。

安永重人宛に「北原白秋」から最初の電話が入ったのは、安永が岡崎《おかざき》市市民会館でのカルチャースクールで短歌の創作講座を行なっている最中であった。会館の職員が「ただいま講演中ですので」と断わると、それでは後ほどまた——と言って切れた。

安永の講座は分かり易いという評判で、どこの会場でも人気があった。添削のポイントなどもそのものズバリを指摘し、論理的でもあった。

「初心者が犯しがちなのは、表現が重複することですね。たとえば『リラの花紫に咲く』などというのは、リラが紫なのは分かりきっているわけで、煩《わずら》わしいでしょう。また、オーバーな表現もいけません。『夕日影身を焼くごとく』などというのは、白髪三千丈のたぐいで、感心しません。

それから、周囲の状況や背景から歌い出す癖もありがちです。たとえば『秋の空澄みたる朝の庭の隅小暗き木の間に玉すだれ咲く』などは、肝心の『玉すだれ』を描写したいはずなのに、ほかの部分に字数を取られてしまって、寸づまりになっています。『地下鉄を降り歩み来し並木道えんじゅの花がこぼれ散りくる』のように、『えんじゅの花』の咲く場所までの過程を描写しているのもよくありませんよ。もっと直截的《ちょくせつてき》に、描きたい対象を見つめ、それに対して自分はどう感じたのか、感性の部分を大事に表現しなければいけませんね」

こんなふうに例を豊富に用意して説明するので、説得力がある。

そして何よりも、安永が「歌会始」の入選者であるという勲章が、受講者たちに絶対的な信頼感を与えているのであった。

かてて加えて、安永は、現代風にいえばルックスがいい。短歌の宗匠《そうしょう》などというものは、総じて年寄りくさく、気難しいというイメージがありそうだが、安永はまだ五十代半ば。髪に白いものが混じっているとはいえ、顔の色艶《いろつや》もよく、青年のような眼の輝きも魅力的だ。笑うと白い歯がこぼれるのも、若い女性受講者などから「かわいい」と噂されるゆえんでもある。

家も裕福で、名古屋市内で四代つづく商家だが、多くの家作を持っていて、ビルやアパートなど、その賃貸料が本業を上回る収入源になっている。

これだけの条件を備えていれば、浮いた噂が流れても不思議はないのだが、少なくともこれまでは、安永にはスキャンダルがなかった。一説には、その清潔ムードも、歌会始入選の有力な条件になったということだ。そうでなければ、娘を嫁に出した父親の感慨——という入選歌の作意がおかしなことになる。

安永がその日の講義を終えて、応接室で寛《くつろ》いでいるとき、職員が電話のあったことを告げた。

「さきほど、北原さんとおっしゃる方からお電話がありました」

安永に「北原」という名に心当たりはなかった。

「北原だれって言ってました？」

「さあ、下のほうの名前ははっきり聞き取れなかったのですが……あの、白秋と言われたような気がしたのですが……」

「ハクシュウ？　それじゃあんた、北原白秋になるじゃないですか」

「ええ、ですから、私の聞き間違えかと思いまして」

「ははは、そりゃそうだろうねえ」

安永は笑ったが、笑いながら、いやな予感を覚えた。

「それで、用事は何でした?」

「はあ、また後ほどお電話するということでした」

「そう、それじゃ、しばらく待ってみましょうかね」

電話はそれから十数分後にかかった。職員は応接室の電話に繋《つな》いでくれた。

「先程お電話した、北原です」

「ああ、お待ちしてました。失礼ですが、どちらの北原さんでしょうか?」

「日光の北原です」

「日光の?」

「ええ、日光の北原白秋ですよ」

「…………」

「もしもし」

「あんた、冗談を言っているのですか?」

「いいえ、冗談ではありません。伊豆の山田さんから頼まれましてね、一度、ぜひ安永さんに会ってくれというふうに」

「…………」

「もしもし、聞いてますか？」

「聞いてますよ。しかし、どういう……あんた、何を言いたいのです？」

「私が言いたいのではなく、言いたいのは山田さんですが」

「だったら、山田さんが何を言いたいというのです？」

「それは安永さんのほうがよくご存じなのではありませんか？」

「どうして、どうして私が……それに、何を知っていると言うのです？」

「あの『あかり』の歌についてですね、どうすればああいう美しい歌が詠めるのか、そのコツのようなものですね」

「そんな……そういうコツといったって、おいそれとは伝授できるものでもないし」

「なるほど、そうすると、いくらぐらいあれば教えていただけますか？」

「いくらぐらいって……」

「百万では安すぎますね。三百万かな？　いや、安永先生の名声からいえば、五百万ぐらいが妥当でしょうか。もっとも、名誉とか名声はお金では買えないものかもしれませんけれどね」

「あんた、きょ、恐喝しようというのか？　面白いじゃないか。いま、あんたの声は録音してあるからね、これを警察に届けるがそれでもいいのかね？」

「恐喝ですって？　私がですか？　どうしてそう思われるのです。私は五百万をお支払いしようと言っているのですよ？　それに、警察ですか。ははは、たしかにそれは面白いお考えですね。どうぞ警察に届けてみてください。私は警察が大好きです。なんなら、警察の前で待ち合わせしましょうか？」

「ん？　ああ、まあそうしてもいいが、しかし、警察よりも、その前にどうです、一度会って、話を聞かせてくれませんか、私も言いすぎたかもしれない。電話だとつい余計なことを言ってしまったりしますからな」

「結構ですね、お会いしましょう。場所はどこがいいですか？　なるべく峠道は避けていただきたいですが」

「峠道？……」

安永は体が震えた。

「ははは、いや、それこそ余計なことでしたかね。気にしないでください。それじゃどうですか、東名高速の浜名湖《はまなこ》サービスエリアでは」

「結構です、時刻は今夜の九時。そうそう、私はあんたの顔を知らないわけですが、何か目印になるようなものを持っていていただきたいですな」

「分かりました。それではウォークマンを聞いていましょう」

「ウォークマンですか？　しかし、ああいうのをしている人は大勢いるでしょう」

「いや、私はいいかげんオジンですからね、すぐに分かりますよ」

笑いを含んだ声で言って、「北原白秋」は電話を切った。

安永はしばらく考えてから、置いたばかりの受話器を取って、ダイヤルを回した。

相手は出ない。

「留守か」

時計を見たが、まだ店に出る時間にしては早すぎる。買い物か、それとも美容院にでも行っているのかもしれない。

安永はちょっと思案してから、べつの番号を回した。今度は相手が出た。交換の女性であった。安永は「加賀《かが》さんをお願いします」と頼んだ。

安永が市民会館の玄関を出て車に乗ろうとしているとき、職員が追ってきた。

「先生、忘れていましたが、今日のご講義の記念品です。つまらない物ですが、お使いください」

息を弾《はず》ませて言いながら、長さが十二、三センチばかりの、細長い箱を渡した。

「何でしょうか？」

「万年筆です。先生にお使いいただくほどの物ではないかもしれませんが」

「いやいや、ちょうど欲しいと思っておったところですよ。それはありがたい」

安永は礼を言って、車に入った。

職員はその場で安永を見送ってから、玄関に戻った。そこに立っている中年のごつい感じの男に、「あれでよかったのですか?」と訊いた。

「ああ、たぶん」

男は愛想のない声で答えた。

安永は信号待ちのときに、万年筆を箱から出した。レトロブームだとかで、古いタイプの万年筆が流行《はや》っているそうだが、これもそのクチであった。太くて、握り具合が安永の好みの感じであった。

安永は満足して、万年筆を背広の内ポケットにさした。

車を走らせながら、安永はいつもよりバックミラーに注意を払った。白っぽいカローラがずっとついてきているような気がしてならない。

ためしに、用もないのに、適当な交差点を左に曲がってみた。カローラはそのまま直進して行った。

(神経の使いすぎかな——)

安永は苦笑した。しかし、さっきの怪電話以来、気持ちの底にはずっと恐怖感が横たわっている。

豊田《とよた》市内に入る手前で、車を停め、コンソールボックスの中に取り付けた電話の受話器を握った。今度は相手が出た。

「さっき電話したが、留守だったね」

「ああ、ちょっと美容院に行ってたの」

「これからちょっと寄りたいのだが」

「これから？　いいけど、もうすぐに出なきゃならない時間ですよ。なんなら店のほうに来たら？」

相手は少し不機嫌そうに言った。

「いや、店には当分、近寄らないつもりだ。どうも、私立探偵に見張られているみたいだしね。もしバレると、慰謝料なんかもかなりふんだくられることになる。いま、すぐ近くに来ているんだ。時間はかからない。このあいだ頼んだことを、もう一度、しっかり伝えたいだけだから」

「あれだったら分かってますよ。心配しなくても大丈夫ですよ」

「ああ、それは信じているが、しかし、細かい部分について、もう少しちゃんとしておかないとまずいのでね。とにかく、ちょっと寄るから」

最後は一方的に言って、安永は電話を切った。

5

浜名湖サービスエリアは、高速道路のサービスエリアの中でも白眉《はくび》といっていい。湖を見下ろす岡の上にあって、眺望がじつにみごとだ。斜面にはよく手入れされたツツジの植込みなどがある。そのあいだを散策するアベックや、風景をバックに写真を撮る家族連れの姿も多い。

もっとも、寒に入ったこの時期には、さすがに外に出る客は少ない。ことに夜の客は長距離トラックの運転手などが多く、黙々と食事をするか、仲間同士が声高に喋るかの両極端で、中にはテーブルに顔を伏せて、居眠りをする者もいる。

安永は建物に入ってすぐ、北原らしい男を発見した。客のまったくいない、北側の片隅に、耳にイヤフォンを当てた男が、ポツンと座っていた。

たしかに、電話で北原自身が言っていたように、見るからにオジンくさい中年男が、しかつめらしい顔でウォークマンを聞いている図は、それだけで充分、目立つ存在だった。ふだんの精神状態なら、噴飯物《ふんぱんもの》といっていいだろう。

ただし、いまの安永は緊張の極にあった。大きくひとつ深呼吸をしてから、真っ直ぐ男に近づいていった。

「北原さんですか？」

男の脇に立って、屈《かが》み込むように訊いた。

「ん？　ああ……」

男は眠そうな目を安永に向けると、いっぺんで緊張した表情になった。

「北原です」

「安永ですが、お話というのを聞きにきました」

「どうもどうも」

男は電話の時とは一変して、鈍重な口調であった。ひょっとすると、電話の相手とは別人ではないか――と、安永は疑った。

「失礼ですが、昼間、お電話をいただいた北原さんですよね？」

「ええ、そうです。北原白秋です」

「ははは、その白秋というのはやめていただけませんか。こちらはせっかく真面目にお話を聞こうとしているのですから」

「こっちも真面目ですよ」

北原はニコリともせずに言った。まったく愛想に欠ける男だ。おまけに、話をしながら、相変わらずウォークマンのイヤフォンを耳に当てたままというのも、失敬なはなしであった。

「それでは、早速、お話というのを聞かせていただきましょうか」

安永は不愉快な気分を堪《こら》え、努めて柔らかい口調で、言った。

「ですからね、山田さんに頼まれて、どうすればああいう歌が詠めるのか、秘訣《ひけつ》をですね、聞かせていただきたいわけで」

北原はとぼけたことを言っている。安永はいくぶん軽蔑《けいべつ》の色を見せて、切り込むように言った。

「そんな回りくどい言い方はやめて、単刀直入にそちらの希望を言ったらいかがです？私のほうはそれなりの用意はしてきているのですから」

「希望というと？」

「またまた、はっきり言って、いくら欲しいのです？」

「はあ……」

北原は安永の顔を見て、ぼんやり考えている。視線は安永に向けているのだが、気持ちのほうはほかに向いているように、安永には思えた。なんとなく、イヤフォンから聞こえてくる音楽に気を取られている——という感じだ。

「北原さん、ちゃんと真剣に答えてくれませんか」

安永は不快感を露《あら》わに、言った。

「ん？　ああ、いや、そうですな、分かりました。しかし、安永さん、あんた、よく金を払う気になりましたね。つまり犯行を認めるわけですな」

「犯行？　犯行とは大袈裟《おおげさ》な、ということは、たまたま歌がそっくりだったぐらいのことで……それはまあ、きわめて酷似しているのだから、盗作と言われても仕方がありません。そのことは認めますよ。だから、私としても、その問題で弁解したり争ったりする気は毛頭ない。争えば、あちこちに迷惑がかかる。つまり、あの歌を入選させた諸先生方や、ひいては宮中の方々にですね。そんなことになっては、あまりにも畏《おそ》れ多い。それで、多少の金ですむことであれば、あなたの申し出をお受けしようというわけですよ」

「なるほど……うん、なるほど……」

北原はまた、焦点の定まらない眼を安永に向けて、しばらく考えてから言った。

「それで、あんた、いくら出すつもりですか？」

「そちらの希望する金額を言ってくれませんか」

「希望の金額ね……うん、なるほど……そうだなあ……」

いちいち考えないと答えが出ないのか、北原はイライラするほど、応対が遅い。

「それじゃ、五百万ではどうです？」

安永のほうから、提案した。

「ん？　五百万ね、五百万と言っているのですな……うん、なるほど……いいでしょう、それで手を打ちましょうか」

安永はポケットから封筒に入った小切手を出して、金額を書き入れた。

「これをお渡ししますが、領収書を書いてください」

「領収書？　そんなものは書けませんよ」

「それじゃ困りますね。でないと、また請求されないという保証がありませんからね」

「うーん……領収書ねえ……書きますか、うんいいでしょう、書きましょう」

北原は安永の用意した領収書に「北原白秋」と署名した。北原は革の手袋を嵌《は》めているが、サインの際も手袋を取らなかった。用心深い、油断のならない相手だ——と安永は思った。

「これでいいですかね」

「結構です。では五百万円を受け取ってください」

安永は北原の前に封筒を押しやった。北原は封筒を、床に置いてあったボストンバッグの中に入れた。

安永が右手を上げて、後方に「商談成立」の合図を送った。二人の男が足早に近寄ってきて、北原の両脇に立った。

「すみませんが、ちょっと一緒に来てもらいましょうか」

「なに？」

北原はギョッとした。さすがにその奇襲作戦は予想していなかったらしい。

二人の男の片方が背広の内ポケットから黒っぽい手帳を出して見せた。

「警察……」

北原はアングリと口を開けた。

「どういうことなんだ、これは？」

「どういうこともないでしょう。恐喝の現行犯で逮捕します」

刑事は言った。

「ははは、北原さん、この人は名古屋栄《さかえ》署の加賀さん――私が親しくしていただいている刑事さんですよ」

安永は勝ち誇ったように言った。堪えようとしても、しぜんに笑いがこぼれ出る。

「刑事？　じゃあ、あんた、刑事とグルだったのか？」

「グルとは人聞きが悪いですな。あなたを逮捕してもらうために、あらかじめ頼んでおいただけですよ」

「はは、こりゃ驚いた。ははは……」

北原は自棄《やけ》くそのように笑った。

「何がおかしい、警察をなめるなよ」

加賀刑事は不愉快そのものの顔をして、凄《すご》んでみせた。

「いや失礼、なめる気はありませんよ。じつは私はこういう者でしてね」

北原は加賀刑事を真似るように、内ポケットに手を突っ込み、手帳を出した。

「静岡県警捜査一課巡査部長の吉田といいます。よろしく」

「は？……」

加賀ともう一人の刑事は、あっけに取られて、しばらくはものを言う気にもなれないでいた。

「これはどういうことなのです？」

ようやくの思いで、加賀刑事は安永に詰問した。

「どうしたもこうしたも、この人が五百万の恐喝を働いたのは見たとおりでしょうが。

刑事だからといっても、恐喝を働けば犯罪者とちがいますか」

安永も、この思いがけない展開に、意表を衝かれたことに変わりはないが、それをはね除けるように、強気で言った。

「それはまあ、そのとおりですが……吉田さんでしたか、その点について説明していただけますか？」

加賀は、今度は質問の矛先《ほこさき》を吉田に向けて言った。

「本官が恐喝を働いたですと？　冗談じゃない、私がいつそんなことをやりました？　何を証拠にそんなことを言うのかね？」

「何を証拠って、あんたのバッグの中に入れた五百万円の小切手が何よりの証拠でしょうが」

「ははは、これはあんたの犯行を立証する証拠物件として預かっておるだけですよ」

「私の犯行？」

「そう、山田俊治氏殺害容疑です」

安永の顔からサーッと血の色が失せた。

「何をばかなことを……」

「ばかなこと？　だったらあんた、なぜ本官に五百万も払ったのかね」

「それはだから、短歌の盗作に関してのものであって……」

「なるほど、つまり、短歌を盗作したということは、五百万もの大金を払うほどの重大事というわけですな」

吉田部長刑事はニヤリと笑って、左右の刑事を見た。

「少なくとも、安永氏には、その秘密を握った人物の口を封じようとする動機があるという事実は、本人自身の口から語られたことになる。お二人さんも、このことはちゃんと記憶しておいて、裁判の際には証言してくださいよ」

そう言われても、加賀刑事はますます戸惑うばかりだ。

「殺人事件の容疑とは穏やかでないですね。どういうことなのです？」

安永に困惑の目を向けて、訊いた。

「どういうって……私だって、この男が何を言っているのか、さっぱり分かりません」

「しかし、あなたが言っていたのとは、ずいぶん状況が違うじゃないですか」

安永と加賀のギクシャクした様子を、面白そうに眺めて、吉田は言った。

「まあ、いいでしょう。ともかく、事情聴取をしたいので、一緒に来てくれますか」

「一緒にって、どこへ行くのです？」

「むろん大仁署です」

「大仁……ばかばかしい、話になりませんな。加賀さん、なんとかしてくださいよ」

「いや、もちろん私だって同じ警察同士といっても、不当な行為を許しはしません。第一、この時間から大仁署に連行するというのは、職権乱用ではありませんか？　令状が出ているというのならべつですが」

「いや、逮捕令状はまだですよ。しかし、緊急逮捕であってもいい条件は揃っているでしょうが。この五百万円が何よりの証拠だ。それに、証拠湮滅《いんめつ》の虞《おそ》れもあるしね。令状のほうは、遅くても明日には請求できるでしょうよ」

「うーん……」

加賀刑事は唸った。

「それが事実であるならば、やむを得ないですが。しかし、安永さんが容疑の対象になっている事件というのは、そもそも何なのですか？」

「あ、そうか、おたくたちはまだそのことを聞いていないのですね。事件というのは先月の七日、大仁署管内の土肥町で起きた殺人事件です。殺されたのは山田という人で、じつは、山田さんは安永さんの歌会始入選作品が、古い短歌の盗作であることを察知したのですよ。そこで、安永氏は山田さんを殺害したと——まあ、そういう容疑ですな」

「それは事実ですか？」

加賀は安永に訊いた。そう訊かれて「事実です」と答える者もいないだろう。

「くだらん、じつにばかげた話ですよ」

安永は当然、鼻先でせせら笑うように言った。

「しかし、もし山田という人が盗作の事実を世間に言いふらすと言ったら、安永さんは困ったのでしょう？」

「そりゃそうですが、あの人がそんなことを言うわけがないでしょう。仮にその恐れがあると思ったって、私が殺人を犯してまで、口を封じると思いますか？」

「いや、安永さんがそんなことをするとは思いたくありませんよ。しかし、吉田さんが言われることも、警察官としては黙殺するわけにいきませんのでねえ」

「おやおや、情けないですなあ、あんたまでが裏切るようなことを言うとはねえ。第一……そうだ、私にはアリバイがある。ええと十二月七日でしたよね。新聞でその事件のことを読んで、憶えているのだが、私はその日はある人とずっと一緒でしたよ。もっとも、そのある人というのは、ちょっと明らかにできませんがね」

「知ってますよ」

吉田は愉快そうに言った。

「豊田市の増田友恵《ますだともえ》さんのところにいたというのでしょうが？」

「えっ？　どうして……」

安永は今度こそ度胆を抜かれた。

「どうして、誰に聞いたのです？　まさか……」

「いや、増田さんにはまだ会っていませんがね。いや、すでに誰かが事情聴取に向かったかな？　それはともかくとしてですな、その日、あんたが増田さんのところにいたということは、あんた自身が喋るのを聞いて知っているのですよ」

「私が？　何を言っているんだ。あんたにそんな話をするわけがないだろう」

「誰も私に喋ったとは言っていませんよ。しかし、ちゃんとそう言っているのを聞いたのです。嘘だと思うなら、これを聞いてみることですな」

吉田はバッグの中から、下手くそな手品師のような手付きで、小型のテープレコーダーを取り出した。スイッチを入れるとすぐに会話が流れ出した。録音状態はあまりいいとはいえないが、はっきり聞き取れる。

最初に飛び出したのは、若い男の声と、それに応対する安永の声であった。

「先生、忘れていましたが、今日のご講義の記念品です。つまらない物ですが、お使いください」

「何でしょうか？」

「万年筆です。先生にお使いいただくほどの物ではないかもしれませんが」

「いやいや、ちょうど欲しいと思っておったところですよ。それはありがたい」

それから長い時間、車を走行させているらしい、さまざまなノイズが流れていた。それから、車が停止する際のきしむような音が聞こえた。

そして、ふいに安永の声が話しだした。明らかに電話での会話だ。したがって、相手の声は聞こえてこない。

「さっき電話したが、留守だったね」

「……………」

「これからちょっと寄りたいのだが」

「……………」

「いや、店には当分、近寄らないつもりだ。どうも、私立探偵に……」

安永が突然立ち上がり、テープレコーダーを摑むやいなや、床に投げつけた。

店内の客や従業員たちが、いっせいにこっちを見た。異様な沈黙が流れた。

その悲劇的な光景を、浅見光彦は、はるかかなたのテーブルから眺めていた。

吉田部長刑事はシナリオどおりにうまくやったと思った。ほぼ、浅見が思い描いたとおりの展開で、安永は自ら動いて墓穴を掘ったのである。

おそらく、土肥峠の事件には、物的証拠が乏しいことが予想される。状況証拠だけで、はたして起訴までもってゆけるのかどうか、浅見には自信はない。これから先は警察がなんとかするだろう。とにもかくにも、安永ははっきり、捜査員の心証を悪くしたことだけは事実なのだ。

浅見は、吉田部長刑事のイヤフォンと結ばれていた無線機のスイッチを、物憂《ものう》い思いで切った。

第六章　逆転の発想

1

一月十五日――成人の日には二つの大きな「事件」が起きている。

その一つは「早稲田《わせだ》大学十六年ぶりラグビー日本一に」である。

浅見は、ハーフタイムにトイレに立った以外は、テレビの前から離れられなかった。前半終了直前、東芝府中の猛攻で逆転したときには、早稲田も社会人には屈したかに見えた。だが、後半に鮮やかなバックスの攻撃で、再逆転。その後の東芝の攻撃を、信じられないようなディフェンス力で食い止め、勝利をものした。

特筆すべきはスクラムハーフ・堀越《ほりこし》の活躍であった。百六十センチの小柄な男が、つねに戦闘の渦中にあって、目まぐるしく動き回っていた。そうかと思うと、相手のパントキックしたボールの落下地点には、いつのまにか、必ず堀越の姿があった。最前線にいたはずの堀越が、フルバックの背後に忽然《こつぜん》と現われる——という状況が何度もあった。

東芝が左翼方面のラックでボールを獲得、バックスにボールが渡る寸前、堀越が一目散に右翼のゴールライン目がけて走ってゆくのを見て、浅見はギョッとした。まるで戦線離脱、敵前退却を思わせる動きだった。

ところが、次の瞬間、東芝のスタンドオフがキックしたボールは、まさに堀越の目の前に落下したのである。すでに東芝の右ウイングがボールに殺到、あわや右隅にトライ——という寸前、堀越によって阻《はば》まれ、チャンスを逸した。

ゲーム展開の予測——というより、彼には予知能力があるのではないか——と浅見には思えた。

予知能力というのは、得体の知れない魔物のようなものである。本人にも、その瞬間には、なぜそう感じたのか、察知したのか、理由不明としかいいようがない。

浅見光彦が、どうやら予知能力を持っているらしいということについては、いくつかの作品で紹介してある。つい最近の例でいうと、大韓航空機の墜落事件で、第一報をテレビで見た瞬間、浅見は飛行機はビルマ西方の海に墜落した——と思った。

ところが、どういうわけか、その後の捜索活動は陸地の山中に向けられた。その方向で大音響がしたとか、山肌に削り取られたような痕《あと》があるといった情報が元になっていたらしい。それにしても、なぜまったく海を捜索しようとしないのか、浅見には不思議でならなかった。

結局、その後の調査で、飛行機は海に墜落したことがほぼ明らかになった。もっと早い段階でその方面の捜索を行なっていれば、事件の謎の解明に役立つデータが収集できたかもしれない。

こういう、いわば「思い込み」によるとしか思えないような判断ミスは、日航機墜落事故の際にもあった。土地の人間が、「飛行機は山のむこう側に落ちた」と言っているのに、捜索陣はひたすら長野県側の山中を捜しつづけた。奇跡的な生存者がいたことを思えば、捜索活動がもっと早く進められていれば——と、かたくなな思い込みによる判断ミスは責められなければならない。

ところで、一月十五日のもう一つの「事件」は、いうまでもなく、韓国捜査当局が大韓航空機事件の爆破犯人、キム・ヒョンヒの記者会見を行なったことである。

この「事件」は、大韓航空機墜落事件以上に衝撃的な出来事といっていい。まるでスパイ小説を地でゆくようなミステリアスなストーリーだ。

とはいえ、こういう奇々怪々な出来事があっても、浅見はそれほど意外には感じなかった。あり得ないことではないと思った。

むしろ奇妙なのは、そのニュースに対する、政治家や評論家など、いわゆる「識者」たちのリアクションであった。

ニュースキャスター上がりで、進歩派といわれるDという国会議員は、韓国当局の発表に「疑惑を覚える」と言っている。Kという推理作家は「シナリオどおりにしゃべり、演じたもの」と、暗にというか明らかにというべきか、捜査当局側のデッチ上げを思わせる発言をしている。

(そうかなあ——)と、浅見は彼らの疑惑に対して疑惑を覚えた。浅見は政治やイデオロギーには無関心なノンポリ男だから、どちらに味方をするという気持ちはないけれど、客観的に見て、韓国政府当局の発表はほぼ正しいとしか思えない。D氏やK氏の発言は、それこそ「推理小説の読みすぎ」が惹《ひ》き起こした思い込みのような気がしてならない。

K氏はまた「北が南のオリンピック開催を妨害するメリットは何もない」と断言しているのだが、それもおかしい。「北」にとって「南」がオリンピック開催によって世界の脚光を浴びることは、屈辱以外の何物でもないと思うのが、ごくふつうの解釈ではないか。仮に、自国の選手が韓国に行って、韓国の発展ぶりや、自由な人民の生活を目《ま》のあたりにしたら、何かと不都合を生じるであろうことは想像に難くない。

デッチ上げ説の中には、キム・ヒョンヒなる女性は替え玉だというのもあった。「北」の発表でも、そういう女性自体が存在しないということを言っている。しかし、常識で考えて、そんな幼稚な嘘を韓国政府がつくものだろうか？　嘘やデッチ上げが発覚したら、韓国の国家的威信は永久に失墜し、国際社会での信用を失うことになる。

テレビのトーク番組では、「筋金入りのスパイが、テレビを見たり、車で街を回ったりして、韓国の実情を知ったからって、たった一ヵ月やそこらで転向し、自国に不利な記者会見をするはずがないではないか」という説もずいぶんあった。

こういう意見に対しては、正直なところ、浅見には判断の基盤となる論理的根拠がなかった。

ところが、息子と一緒にこのテレビ番組を見ていた、母親の雪江未亡人がいともあっさりと、名論説を加えた。

「あのひとたちは、日本の敗戦当時のことを忘れてしまったのかしらねえ」

こう、のたもうたのである。

「八月十五日の宮城《きゅうじょう》前広場には、地面にひれ伏して天皇陛下にお詫《わ》びする人々の姿が無数にあったのですよ。その日まで、私たち一億国民のほとんどが、『鬼畜米英』だとか『撃ちてし止《や》まむ』だとか『神国日本』『生きて虜囚《りょしゅう》の辱《はずかし》めを受けず』といった、ガチガチの思想で教育を受けた、それこそ筋金入りだったのです。それがどうなの、進駐軍がやってきて、もののひと月もしないうちに、ギブミー・チョコレートだなどと、掌《たなごころ》を返すようなありさまだったではありませんか。叩きこまれた教育などというものは、真実の前には脆《もろ》いものなのですよ」

なるほど――と浅見は感心した。日頃、頑迷固陋《ころう》だとばかり思っていた母親が、ひどく偉大に見えた。亀のコウより歳のコウというのはこういうのをいうのだろう。

雪江はさすがに口に出さなかったが、当然、戦後の銀座《ぎんざ》や新橋界隈《しんばしかいわい》のガード下に立っていた「パンパン」と呼ばれた女性たちのことも思い浮かべたにちがいない。貞操堅固《けんご》な大和撫子《やまとなでしこ》であるはずの彼女たちが、自分や家族の日々の糧《かて》を得るために、「鬼畜米英」と信じて戦った敵を客として、春をひさいだのである。

生きる――ということはそういうことだと浅見は思う。それが生きとし生けるものの悲しい性《さが》であり、そういう弱さこそが人間の優しさの根底をなすものだ。キム・ヒョンヒが転向し、「踏み絵」を思わせる記者会見をやったからといって、賢《さか》しらに批判したり、疑ったりすることのほうが、よほど人間の本質を見失っている。

「それに、あの娘さんは頭がよくて、素直で純真な性格の持ち主にちがいありませんよ。それだからこそ、国の教育を信じて、愛国心で凝り固まってしまったのね」

雪江はそうも言った。

「でも、筋金入りといったって、二十五歳といえば、まだ多感な青春まっさかりのお嬢さんでしょう。それを評論家たちはロボットか何かのように思っているのかしらねえ。いくら偉そうにわけ知り顔をしていても、所詮《しよせん》は未熟な連中ですよ」

彼女にかかると、著名な評論家先生もカタなしである。

それはともかく、浅見には、テレビに出ている連中が、テレビの効用を疑問視するようなことを言っているのがおかしかった。テレビというメディアが伝える情報のインパクトがどれほど強力であるかは、彼ら自身がもっともよく知っているはずではないか。

キム・ヒョンヒは恐らくテレビなど見たこともないような少女時代だったのだろう。見たとしても、国家が流すプロパガンダみたいなものばかりだったにちがいない。その彼女が、テレビから吐き出される膨大な情報に接して、どれほど驚嘆し、感動したか――。それは、かつての日本人が、終戦後の映画館で、豪華絢爛《けんらん》の「総天然色」のハリウッド映画を観て、それが、自分たちがイモを食っていた、あの戦争の最中《さなか》に作られたものであることを知り、何が真実であったのかを思い知らされた状況を連想させる。

「光彦、あなたもジャーナリストの端くれならば、ああいう邪推専門の評論家のようにはならないことね。物事は真っ直ぐ見ればいい場合が多いのです。外見はどんなに曲がりくねっていても、複雑な壁に妨げられていても、真っ直ぐに見通す眼力さえ養っておけば、真実は見えてくるものですよ」

「はい」

この時ばかりは、浅見は母親の卓説に敬服して、素直に頭が下がった。


夜に入って、静岡県警の吉田隆夫巡査部長から電話が入った。

「安永はすべてを自供しました」

「そうですか、自供しましたか」

浅見は吉田のために祝福の言葉を述べるべきかと思ったが、気持ちは逆に滅入っていった。一つの事件が解決する時は、いつもそうだ。犯罪を犯した人間とはいえ、安永という一人の男を社会から葬り去ったことが、はたして許される行為なのかどうか、浅見にはまるで自信がない。

「何もかも浅見さんのお陰です。いまごろになって言うのは気がひけますが、沼田ではいろいろ失礼なことを言って、申し訳ありませんでした」

吉田は律儀《りちぎ》に詫びている。

「いや、そんなふうに言われると、僕のほうが恐縮してしまいます」

浅見は、ほんとうに身の縮む思いであった。

「安永が山田さんに殺意を抱いたのは、智秋次郎氏の葬儀の帰途、列車の中でのことだそうです。そのとき、山田さんが『日光』のことを話していて、ふっと、智秋氏の言っていた『日光』という言葉が、短歌雑誌の『日光』ではないか——と思いついたのですね。それで、その中に何か秘密が隠されているにちがいないと山田さんは言ったのだそうです。そのことは、一緒にいた、桑名市の水谷さんという老人も証言しています。もっとも、水谷老人は『日光』が短歌雑誌だと分かっても、だからといって、それがどうしたとも思わなかったのだそうですがね。いや、実際のところ、山田さんのように、たとえ疑問を抱いて調べたとしても、『日光』という雑誌の膨大な短歌の数からいって、その中にどういう秘密が隠されているのかさえ摑《つか》めなかったでしょうねえ。まして、安永の詠進歌と同じ作品が掲載されているのを発見するなんてことは、おそらく不可能だったにちがいありませんよ」

安永が、古い『日光』に掲載されていた歌を、歌会始に応募したのは、ほんの軽い気持ちだった。もともと裕福な家のボンボン育ちで、苦労知らずだったのと、名誉欲の強い性格だったことが、安永を安直に盗作に走らせたともいえる。

とはいっても、何しろ三万首にのぼる応募数である。よもや入選するとは思っていなかったそうだ。それが、幸か不幸かみごとに入選して、安永はたちまち栄誉に輝く「先生」になってしまった。

「ただし、山田さんがその秘密を発見する可能性はなかっただろうなどというのは、第三者であるから言えることで、安永本人としては、不安でならなかったでしょうね。それで、安永はときどき山田さんに電話して、その後の調査の進捗《しんちょく》状況に探りを入れていたらしい。そのうちに、山田さんはとうとう日比谷図書館へ調べに行くということになった。それを聞いて、安永は震え上がったそうです」

その翌日、安永は山田への殺意を実行に移した。作り声で智秋公三の名を騙《かた》り、勤務中の山田に電話して「これから修善寺に行くところです。ぜひお会いしたい」と偽って呼び出しをかけた。

山田は智秋公三の指示どおり、バスで隣りの戸田村まで行き、そこで迎えの車に乗った。智秋公三は何も言ってなかったのに、車は安永が運転していた。なぜ戸田まで出なければいけないのか、なぜ安永が迎えに来たのか——という疑問もあっただろうけれど、好人物の山田に、それを問い質《ただ》す気持ちは起きなかったにちがいない。

安永は車中で山田に缶ジュースを勧めた。そのジュースに毒物が入っていた。毒物の入手先は、安永の店子《たなこ》のひとつである、名古屋市郊外にあるメッキ工場だったそうだ。

こうして安永は山田を殺害し、死体を土肥峠に捨てた。

山田俊治の死は、一見したところ、ほとんど「動機なき殺人」であった。安永には、自分が疑惑の対象になるなどということは、夢にもあり得ないと思えたにちがいない。いや、もし浅見という男が現われて、「日光」のキーワードに気付きさえしなければ、おそらく迷宮入りになっただろう。

「ほんとうにありがとうございました。伊豆に来られるようなことがありましたら、ぜひ寄ってください。土肥の山田さんの奥さんも、よろしくと言ってました」

吉田は何度も礼を言って電話を終えた。

浅見の脳裏に土肥の風景が蘇《よみがえ》った。西伊豆の山に抱かれたような、小さな港のある町は、いで湯とビワと伊勢海老《えび》が売り物の、のどかな別天地であった。そこで短歌を趣味として、のんびりと暮らしていた、ごく善良な男が、突然、殺された。まったく、人間、一寸先は闇《やみ》である。

その夜――といっても、時刻はふつうの人間にとっては、とっくに朝になっていたのだが――浅見は夢を見た。色つきで、かなり鮮明な夢だったが、どういうストーリーであったか、記憶には残らなかった。それは、須美子のけたたましい怒鳴り声で叩き起こされたせいである。

「坊ちゃま、お電話ですよ！」

何度目かに、浅見は寝惚《ねぼ》けた声で「はいはい」と応じた。須美子の「ったく、しょうがないんだから」と呟《つぶや》く声が遠ざかった。

電話は智秋朝子からだった。

「浅見さん、大変……」

言ったきり、喉《のど》が詰まったように、しばらく絶句していた。

「どうしたのですか？」

対照的に、浅見はのどかな口調で言った。

「添田が……添田が自殺しました」

低い、聞き取りにくい声であった。浅見はなぜか、反射的に、キム・ヒョンヒの記者会見を思い浮かべた。そういえば、朝子も彼女と同じ年頃だ。

「添田、さんが、自殺、した……」

浅見は十年前のコンピュータのように、のろまな反応で言った。言いながら、重大な出来事が発生したことを、ゆっくりと自分に言い聞かせていた。

「もしもし、もしもし……」

受話器の奥から、朝子の必死に呼びかける声が耳朶《じだ》を打った。

2

添田兼雄が自殺したのは、この朝のことである。

いつもなら、早ければ五時過ぎ、遅くても六時頃には起き出してくる添田が、ほかの牧童たちが揃っても、いっこうに部屋から出てこない。そのうちに、車庫の中からジープが消えているのに気がついた。

「そういえば、昨夜遅く、車が出てゆく音を聞いたな」

小西という牧童が、そう言った。

「じゃあ、あれっきり戻ってきていないのだろうか？　このところずっと帰ってないみたいだから、久し振りに自宅に帰って、のんびりしているのかもしれないな」

それにしても、こんな時刻になって顔を出さないのはおかしい。

朝子が食事のテーブルについたのが七時。それでもまだ添田は現われなかった。

「変ねえ、ひょっとして、病気か何かじゃないのかしら？　ためしに自宅に電話してみたら？」

朝子に言われて、宮下が電話をかけた。宮下は添田を除くと、最古参の牧童である。

しかし、添田は自宅にはいなかった。

「もう十日も帰ってきていませんよ」

添田夫人の文江は突慳貪《つっけんどん》に言った。

「どこか、変なところにでも行ってるんじゃないのかしら」

文江は不信感を露骨に示して、乱暴に電話を切った。

かりに文江の言うとおりだとしても、あの律儀な添田が無断外泊をして、こんな時刻まで現われず、連絡もしてこないというのは異常だ。

次第に、これはどうも様子がおかしい——という空気になってきた。

「添田さんの部屋を見ていらっしゃい。何かメモでもあるかもしれないわ」

朝子に言われて、宮下が添田の部屋へ向かった。そしてすぐに、荒々しい足音で駆け戻ってきた。

「お嬢さん、こんなものがありました」

不安そうな顔で、便箋《びんせん》に書いたものを差し出した。

受け取った朝子の手元を、三人の牧童がいっせいに覗き込んだ。

——申し訳ないことをいたしました。心よりお詫び申し上げます。

添田らしい、特徴のある、右肩上がりの無骨で大きな文字でたった二行、そう書いてあった。

「これ、何なの？　遺書みたいだけど……」

朝子は全身からサーッと血の気が失せる思いがした。

「まさか……」

三人の牧童は信じられない——というように、顔を見合わせた。

しかし、朝子には閃《ひらめ》くものがあった。

「華厳の滝のところに、うちのジープがないかどうか、調べてもらって」

宮下に言った。

「華厳の滝、ですか……」

「そう、急いで。あそこの売店か、派出所に連絡すれば早いでしょう。それと、誰か捜しに行きなさい」

小西と、もう一人、沢木という若い牧童が走り去った。間もなく、牧場を出てゆく車の音が聞こえた。

しばらくして、宮下が連絡を取った中禅寺湖の巡査派出所から、回答が入った。

「そちらさんの言ったナンバーのジープが、たしかに華厳の滝の観瀑台近くに駐車してあります」

宮下は受話器を持ったまま、朝子を振り向いて、巡査の言葉を伝えた。

朝子は宮下の手からひったくるようにして、受話器を取ると、早口で喋った。

「あの、ちょっとお訊きしますけれど、けさがた、華厳の滝で自殺者はありませんでしたか？」

「自殺？　いや、まだそういう報告は受けておりませんが」

巡査はうろたえながら言った。

「それでしたら、すみませんが、すぐ滝の下を調べてみてください。ひょっとすると、うちの者が自殺したかもしれないのです」

「ほんとですか？」

巡査は驚いたが、智秋次郎の前例があるだけに、疑うひまもなく、迅速に対応した。

まだ動いていないエレベーターを動かしてもらって、下の観瀑台に降りた。

去年から続いている天候異変で、華厳の滝は流水をストップしている。観光客が激減して、業者は大打撃だという。

滝壺はただの水溜《みずた》まりと化して、わずかに、下部の地層からの漏水が、十数本の糸のような滝を作っているだけだ。ふだんなら通れない谷川の左岸沿いに、断崖《だんがい》の下を覗ける位置まで行った。

みごとな柱状節理を見せる百メートルの断崖の、ほぼ最下部の斜面に、男が落ちていた。ひと目見ただけで、まだ真新しい死体であることが分かった。

巡査は取って返して智秋牧場に知らせると同時に、日光署に報告した。

警察が駆けつけ、遺体の回収作業が始まる頃には、朝子も現場に到着して、作業の一部始終を見守った。

おそらく、頭から真っ逆様に転落したのだろう、遺体は頭部から上体にかけての損傷がひどく、人相など、ほとんど判別できないほどであった。

朝子をはじめとする、智秋牧場の連中は、遺体の確認を頼まれたが、あまりの凄《すさ》まじさにガタガタ震え、目をそむけないではいられなかった。遅れて到着した添田の妻・文江でさえ、ビニールシートが取り除かれた瞬間、「ヒャーッ」と悲鳴を上げて、尻餅《しりもち》をついた。

しかし、それでもどうにか、遺体が添田兼雄であることは確認された。半狂乱になった文江は誰かれ構わず、牧童にしがみつき、泣き崩れていた。

朝子も錯乱しそうになる気持ちを、ようやくの思いで引き締め、ともかくも菱沼温泉ホテルと東京の両親に連絡した。

浅見光彦に電話を入れたのは、そのあとのことである。

「すぐにそっちへ向かいます」

浅見は短く言って、電話を切った。

（いま、自分に必要なのは、あの青年なのだ――）

朝子は祈るような想いで、浅見の到着を待った。

その間に、智秋牧場の連中に対する警察の事情聴取が進められた。

一応、遺書と思われるメモがあったので、添田は自殺したものと考えられた。しかし、添田がなぜ自殺したのか、思い当たる者は誰もいなかった。

ただ一人、朝子を除いては――である。

朝子は遺体と一緒に日光署まで行った。そこで、刑事課長の藤沢警部から事情聴取を受けた。藤沢とは、次郎叔父の事件の際に顔馴染みになっている。

「こんなことが自殺の原因になるかどうか、私には分かりませんけれど」

朝子はそう前置きして、一月二日にあった小さな「事件」のことを話した。

「すると、その浅見さんが乗った馬に、鋲《びょう》を仕掛けたことを苦にしての自殺だということですか」

藤沢課長は首をひねった。

「たったそれだけのことで、自殺するとは思えませんがねえ」

「でも、そういう事故を仕組んだのは、そもそも牧場の経営権を自分のものにしようという狙いがあったわけで、そのことを恥じたのではないでしょうか」

朝子はその点を強調した。

「添田は、たとえ一時の気の迷いとはいえ、そういう邪心を起こしたことを、心底から悔やんだのだと思います。添田はそういう性格のひとでした」

話しながら、朝子は、つい昨日まで、いちばん身近にいてくれた添田のことを、もう過去形で語っていることに気付いて、しぜんに涙が出てきた。

「うーん……どうもねえ、私には理解できませんなあ」

刑事課長は腕組みをして、しきりに首をひねる。

「いまどきの世の中に、そういう純真な気持ちの人間がいるということがですね、どうも信じられません」

「でも、添田はそういう人間だったのです。だからこそ、自分の犯した罪の重さに嫌気がさして、死ぬ気になったのだと思います」

「ふーん、罪ねえ……それっぽっちのことが、死ななければならないような罪なのですかねえ」

藤沢課長はまるで容疑者を見るような目で、朝子を斜めに見た。

午前中に司法解剖の結果が出て、添田の死因は頭部を中心とする全身打撲によるものであることが断定された。毒物は検出されなかった。ただし、それだけで、直ちに自殺であるとは認定できない。

「自殺の動機がですな、どうもねえ……」

藤沢刑事課長は、いぜんとしてその点にこだわり続けた。

「じゃあ、課長さんは自殺ではないとおっしゃるのですか？」

朝子は焦《じ》れて、訊いた。

「いや、そういうわけではないのですがね」

刑事課長は、お嬢さんの鼻っ柱の強さに辟易《へきえき》したように苦笑した。

「自殺だとしてもですね、その動機が、もっとほかにもあるのではないかと考えているのですよ」

「ほかの動機といいますと？」

「たとえばですね、私は、添田さんの死に方がです、あなたの叔父さん——智秋次郎さんの場合ときわめて似ていることが気になるのです」

「あっ……」

朝子は思わず小さく叫んだ。浅見には打ち明けたものの、添田が次郎叔父殺害の犯人であるなどとは、本心を言えば信じたくない気持ちだったのだ。しかし、あの日以来、いつも漠然と胸の中で燻《くすぶ》っていた疑惑を、ズバリ、言い当てられたような気がして、朝子は動揺した。

そういう朝子の驚きに気をよくしたように、藤沢課長は背を反《そ》らせて、言った。

「あなたは、添田さんが牧場の経営権を欲しがっていたと言いましたよね。だとすると、もっとも邪魔になる人物といえば、浅見さんなんかより、智秋次郎氏だったということになるのではありませんか？」

「…………」

「そうでしょう？　そこで次郎氏を殺害した。そういうことであれば、『申し訳ないことをした』というメモの意味もいっそうはっきりするし、罪を償うために自殺するという動機も納得できます。いかがですか？　添田さんの自殺の原因は、そこにあったのじゃないですか？」

高圧的ともいえる藤沢課長の推論に対して、朝子はもう、何も反論することができなくなっていた。

3

浅見は正午過ぎに日光署に到着した。ちょうど、刑事課長の事情聴取を終えて、部屋から出てきた朝子を、廊下で待ち受ける格好になった。

「ああ、浅見さん……」

朝子は浅見の顔を見たとたん、もう涙が溢《あふ》れるのを止めることができなかった。

「しっかりしなさい、あなたらしくありませんよ」

浅見は、甘えを許さない、厳しい目で言った。

「ごめんなさい、みっともないところをお見せして……」

朝子はハンカチで涙を拭った。化粧っ気のないままで出てきたことが、むしろ幸いして、マスカラが滲《にじ》むような無様《ぶざま》なことにはならなかったが、それでも一応、朝子はトイレに入って、口紅だけ、薄く注《さ》してきた。

ひとまず警察を出ると、浅見の車で金谷ホテルへ行き、いつかのティーサロンに落ち着いた。

「だいたいの経過は、刑事に聞きました。遺書があったのだそうですね。どういう内容だったのですか？」

朝子は短い遺書の内容を話した。

「それだけですか？」

浅見は驚いた。

「筆跡は間違いなく添田さんのものだったのですね？」

「ええ」

答えながら、朝子は浅見が何を言おうとしているのか、不思議に思った。

「浅見さんは添田の自殺に疑問を持っていらっしゃるのですか？」

「そうですね、疑問ですね」

浅見は即座に答えた。

「添田さんに、自殺しなければならないような動機があったとは、思えません」

「でも、もしも叔父を殺したのが添田だったとしたら……」

「そのことですが、朝子さんは本気でそう思っているのですか？　あの添田さんが犯人であると」

「それは、私だってそんなこと、思いたくありませんけれど、でも、日光署の刑事課長さんも、自殺の動機はそのことを苦にしてではないかって、言ってるんです。やっぱり真実から目を逸《そ》らすわけにいきませんわ」

「それが真実であるならば……ですね。しかし、真実かどうか……そうそう、日誌を調べるとかおっしゃってたが、その結果はどうだったのですか？」

「日誌には疑問点はありませんでした。でも、日誌にはどうにでも脚色して書くことができますもの。第一、日誌に殺人を犯したなどと書くわけがないでしょう」

「それはそうですが……」

「でも、浅見さん。添田の死が自殺でないとすると、殺されたということになるじゃありませんか。まさか事故だなどとはおっしゃらないでしょう？」

「そうですよ、僕は添田さんは、殺されたのだと思っています」

浅見は確信を見せて、言った。

「でも、いったい誰に？　どうして？　どうやって殺されたのですか？」

性急な朝子の質問に、浅見はかすかに苦笑を浮かべた。

「そんなことはまだぜんぜん分かりません。しかし、添田さんが自殺するとは、僕にはどうしても納得できないのです。しいて理由を言うなら、それが理由ですね」

「そんなの、理由にも何にもなっていないじゃありませんか」

朝子は非難する目になった。

「それはそうですが……しかし、それじゃ朝子さんは、あの添田さんが叔父さんを殺したことを証明できるのですか？」

「いいえ、もちろんそんなことはできませんよ」

「ほらごらんなさい」

「でも、信じるより仕方がないでしょう」

「どうしてですか？」

「だって、いろいろな、状況証拠っていうのかしら……そういうことを考えれば……」

「そうかなあ」

浅見は首をひねった。

「添田さんが犯人であるかどうかは、とりあえず置いておくとして、次郎叔父さんの事件について、僕たちは、警察を含めて、肝心な点を見逃していたような気がしてならないのですよ」

「肝心なことって？」

「次郎叔父さんは、伊豆の山田さんと電話で話していて『日光で面白いものを発見した』というようなことを喋っておられたのでしょう。そして、その直後といってもいいようなタイミングで殺されたのです。捜査当局は、そのことの重要性を、あまり認識していなかったのじゃないか――って、そう思ったのですよ」

「ええ、たしかにそうかもしれませんけど。でも、そのことはもう、短歌雑誌の『日光』のことだということが分かって、安永という人が山田さん殺しの犯人であることも分かったのでしょう？」

「そう、たしかにそうです。それで山田さんの事件のほうは解決しました。しかし、叔父さんの事件はまったく未解決だ」

「じゃあ、叔父が殺された事件にも、その『日光』が絡んでいるというわけですか？」

「そう、その可能性を、もっと追及しなければならなかったのです」

「じゃあ、叔父の事件も安永が犯人ということですか？」

「いや、それは違うようですね。もちろん警察は安永氏を追及する過程で、智秋次郎氏殺害の疑惑をぶつけているでしょうが、僕はその事件には無関係だと思いますよ。僕が言いたいのは、つまり、安永氏以外にも、叔父さんの言った『日光』が原因で、殺意を抱いた人物がいるということなのです」

「それは誰なのですか？」

「ははは、そんなに簡単に分かれば、警察だって苦労しませんよ。僕なんかは、警察よりさらにデータの持ち合わせがない素人ですからね、いっそう分かるはずがないに決まっているでしょう」

「それじゃ、ただの憶測にすぎないっていうことですか？」

「ええ、そうですね。しかし、憶測でも何でも、これまでに、こういう見方をした人がほかにいましたか？　少なくとも、警察はそんなことはこれっぽっちも考えなかったでしょう」

「ええ、それはそうですけれど……でも、安永以外に、『日光』のことで殺意を抱くような人物がいるとは考えられませんけれど。それとも、まだほかに盗作がバレそうな人がいるのでしょうか？」

「おやおや……」

浅見はちょっと芝居がかった仕種《しぐさ》で、当惑を顔に出した。

「どうしてそんなふうに、観念を固定してしまうのですか。『日光』といえば短歌雑誌だというふうに。最初は、『日光』などという短歌雑誌があることさえ知らなかったのではありませんか」

「えっ？　あら……」

朝子はようやく気付いた。

「じゃあ、日光っていうのは、違う意味の日光のことなんですか？」

「そうですよ。灯台もと暗しっていうけれど、まさにこの日光のことを忘れてしまっているのですねえ」

「ほんと……」

朝子は、あらためて、自分の頭に柔軟性が不足していることを思って、愕然《がくぜん》とした。

「そうなんですか、この日光のことだったのですか。じゃあ、伊豆の山田さんは勘違いしたために、思わぬ不幸な結果を招いてしまったということですね？」

「いや、そうじゃありませんよ。あはは、これじゃ、ますます話がこんがらかってしまったなあ」

浅見はお手上げの格好をしてみせた。

「そのことはともかく、添田さんが『自殺』した状況について、もう少し詳しく聞かせてください」

「はあ……」

朝子はなんだか、はぐらかされたようで不満だったが、問われるままに昨夜から今朝にかけての出来事を話した。浅見は「はい、はい」と相槌を打ち、時には質問を交えながら、熱心に朝子の話を聞いた。

話すことがなくなって、朝子が沈黙すると、浅見はじっと考え込んだ。目は開けたままだが、何も見ていない感じである。

「このあいだから思っていたのですけれど、浅見さんてメモを取らないのですね」

朝子は言った。

「え？　ああ、そういえばそうですね」

浅見は他人事《ひとごと》のように言って、苦笑いした。

「どうも、僕はメモを取るのが苦手で、学生時代にもノートを取るのが下手だったのですよ」

「じゃあ、よほど記憶力がいいんですね」

「とんでもない。しょっちゅう忘れ物だらけです。ただ、いったんメモしてしまうと、なんだか、その件に関しては、終わってしまったような気分になっちゃうみたいなところがあるでしょう。それに、メモを取りながら人の話を聞いていると、話されていることだけしか頭に入らなくて、それ以上にはイメージが広がっていかないんですね」

「ということは、つまり、私の話を聞きながら、ほかのことを考えているっていうことなのですか？」

「え？　ああ、まあそういうこともいえるでしょうね」

「やっぱり……そんな感じがしていました。私が一生懸命に話しているのに、違うこと考えてらっしゃるなって」

「分かりますか？」

「分かりますよ」

「そうですか、まずいなあ、それは……」

浅見は頭を掻《か》いた。

憎めない人だ――と朝子は思った。添田の死で、打ちのめされたように滅入っていた気持ちが、浅見とこうしているだけで、不思議に救われる想いがした。

「たしかに、僕は朝子さんのお話を聞きながら、事件の真相というか、事件のストーリーのようなものが、少し見えてきましたよ」

浅見は真顔になって、言った。

「え？　ほんとですか？」

朝子は驚いた。驚きながら、自分がいま浅見に何を話したかを思い返した。さりとて、別段、こと新しい内容を話したわけではない。昨日から今朝にかけての出来事を、ありのままに伝えただけである。

「私の話から、何が分かったのですか？」

「そうですね……」

浅見はちょっと首をかしげてから、べつのことを言った。

「智秋さんの牧場から、華厳の滝まで、何キロぐらいありますか？」

「だいたい三十五キロぐらいだと思いますけど……でも、それが何か？」

「牧童の人が、添田さんの車が出てゆく物音を聞いたのは、たしか夜中と言いましたね。何時頃だったのですか？」

「夜中といっても、朝の早い人たちだから、たぶん十時か十一時頃じゃないかしら」

「朝は何時に起きるのですか？」

「五時過ぎ頃には起きます」

「えっ、そんなに早く？　僕にとっては、それこそ真夜中ですね」

「でも、それがどうしたとおっしゃるのですか？」

「いや、三十五キロの山道を歩くのは大変だろうな……と思ったのです」

「三十五キロを歩くって……それ、どういう意味なんですか？」

「いや、仮に、添田さんが自殺でなく、殺されたのだとすると、犯人は車がなかったわけですからね、冬の夜道を歩いて帰らなければならなかったわけで……」

「なんですって？　じゃあ浅見さんは、うちの牧場の人間が犯人だと……」

「しいっ」

浅見は唇に指を当てた。そうしなければならないほど、朝子は知らず知らずのうちに声高になっていた。

4

朝子の眼には不信感が溢れていた。同じ相手に対して、こんなにもはげしく気持ちが揺れ動くなどということは、朝子には、はじめての経験だった。

「ほんとに、ほんとうにそう思っていらっしゃるのですか？　智秋牧場の人間が……そうだわ、私も含めて、犯人の可能性があると思っていらっしゃるの？」

「困ったなあ」

浅見は当惑して、周囲の気配を窺《うかが》った。さいわい、ほかの客からは遠く、こちらにちょっと視線を投げた者はいるけれど、話の内容までは察知されなかったらしい。

「そんなに感情的にならないでください。あなたが犯人だなんて、そんなこと言うはずがないじゃありませんか」

「でも、智秋牧場の者がそうだとすれば、私にもその資格があるわけでしょう。いくらなんでも、うちの者たちの中に犯人がいるなんて、ひどすぎます」

「呆《あき》れたなあ……」

浅見はいまにも笑い出しそうな顔になった。笑いを堪えたのは、朝子があまりにも真剣そのもののように怒っているからである。

「朝子さんはそう言うけれど、ついさっき、添田さんが次郎叔父さんの殺害犯人だと言ったばかりじゃないですか」

「………」

朝子はグッと言葉に詰まった。

「あんなに忠誠心で固まったような添田さんを疑ったのに、ほかの人を疑うのは許せないというのは、だいぶ混乱していますよ」

「だって……」

朝子はしどろもどろになった気持ちを、そのままに、言葉に出した。

「それは、そんなに、誰もかれもが、みんな疑われるなんて、そんなひどい……」

唇を一文字に結んで、黙った。それ以上喋ると、大きな声で泣き出しそうだった。

「誰もかれもなんて言っていませんよ」

浅見は気の毒そうに、少し朝子に顔を寄せて、優しく言った。

「僕は添田さんが犯人ではないと言っているのです。その代わり――というとおかしいけれど、添田さんが犯人でなく、逆に被害者であるとすれば、ほかの誰かが犯人でなければならないのは当然のことでしょう」

「それはそうですけど……でも、仮に添田が殺されたのだとしても、どこかの誰かに殺されたのかもしれないでしょう。うちの者が犯人だとは言えないじゃありませんか。それとも、何か証拠があるとでもおっしゃるのですか？」

「驚いたなあ、証拠があるかだなんて。むしろ、その証拠を見つけ出したのは、あなたじゃありませんか」

「えっ？　私がいつですか？」

朝子はもう、呆れてしまった。浅見がとんでもないペテン師で、彼の弁舌を黙って聞いていると、どんどん丸めこまれてしまいそうに思えた。

「もう忘れてしまったんですか？　こりゃ、それこそメモを取っておかなければならないな。ほら、言ってたでしょう。僕が馬から落ちたのは、腹帯の裏側に鋲が貼ってあったためだって。そんな細工ができるのは、智秋牧場の人間以外、誰もいないはずですよ。だって、あそこには余所者《よそもの》は滅多に入れないのでしょう？」

「でも、あれは、添田が……」

「ですから、ですからね、それが思い込みだと言うのですよ。あなたは添田さんが牧場の経営権を欲しがっている——ゆえに、もろもろの犯行は添田さんの仕業だ——とじつに単純に三段論法的に思い込んでしまっているのです。だから、物を真っ直ぐに見るべき眼が曇ってしまった。長い歳月、付き合っている添田さんの本質まで、疑うようになってしまったのです。そうでしょう。だって、考えてごらんなさい。子供の頃からずっと、馬と一緒に育って、馬を育てることひと筋に生きてきた添田さんに、可愛い馬を傷つけるような発想が浮かぶと思いますか？」

「あ……」

朝子の唇から、かすかな声が洩れた。

「ほんとだわ……そうですよね。どうしたのかしら？　どうしてそんなことを考えたりしたのかしら？……」

「いや、それも無理のないことだとは思います。何しろ、次郎叔父さんの死という、大事件に出くわしたのですから、気持ちが動転するのが当然ですよ」

浅見は慰めた。

「それにしても、添田を犯人と思ったなんて……でも、それじゃ、やっぱり添田は殺されたのですか？」

「ええ、そうですよ」

「でも、あれは、遺書は、どういうことになるのかしら？　遺書の筆跡は間違いなく添田のものですけど」

「それは遺書ではないと、僕は思いますね」

「遺書ではないって……じゃあ、あれは何なのかしら？　それに、うちの者の誰かが犯人だということも……それはたしかに、浅見さんがおっしゃったように、鋲を仕掛けたのは内部の誰かの仕業だとしても、それと殺人とは結びつかないと思いますけど」

「その二つの疑問は、むしろ内部犯行を裏付ける事実なのですがねえ」

「え？　どうしてですか？　それは反対じゃありませんか？」

またしても、朝子の浅見を見る眼に不信の色が宿った。

「いいですか、落ち着いて聞いてくださいよ。添田さんが叔父さん殺害の犯人ではないことと、自殺ではなく、殺されたのだという事実を前提に考えてみるとですよ。そうすると、あの遺書は何だ——ということになるでしょう？」

「え、そう、そうですよ」

「あの遺書らしきものは、添田さんの死を自殺に見せ掛ける手品の道具です。そして、添田さんの部屋に遺書を置くことができるのは、添田さん自身か、智秋牧場の人だけに限られるわけですから、そこから添田さんを消去すれば、残るのは智秋牧場内部の人物で、その人物が犯人——という結論を得ることができるではありませんか」

「でも、あの遺書が……」

「いや、遺書らしきもの——と言ってください。あれはおそらく、添田さんが犯人に書かせようとした、始末書の原文でしょうね」

「犯人て……でも、その時点ではまだ添田は殺されていないのですもの、犯人かどうか分からないじゃありませんか。それとも、叔父の事件の犯人という意味ですか？　だったら始末書どころの騒ぎじゃないでしょう」

「困った人だなあ」

浅見は苦笑して、首筋を撫でた。

「あなたはもっと肝心なことをうっかりしているのですよ。いいですか、あなたは僕が落馬した原因……というか、あのおとなしい馬が逸走したのを怪しんで、鋲が仕掛けられた痕を発見したのでしょう？　そのことに気付いたのは、あなただけであるはずがないでしょう。添田さんのほうが、むしろ先に気付いたかもしれない。あなたと違うのは、それを仕掛けたのがあなただなどと疑ったりしなかったことですよ」

「じゃあ、牧童の誰かが……」

「そうです。誰がやったのか、添田さんにはすぐに分かったでしょう。その時は単なるいやがらせの、タチの悪いいたずらだと思ったかもしれない。添田さんとしては、ことを荒立てるようなことはするつもりはなかったでしょう。とはいっても、大事な馬を傷つけた行為は許せないので、いずれにしても、始末書ぐらいは書かせたにちがいありません。その原文があれだと思いますよ。犯人はそれを逆用して、自殺と見せ掛け、添田さんを殺害したのです」

朝子の脳裏に、三人の牧童の顔がつぎつぎに浮かんでは消えた。

「でも、たったそれだけのことで、殺人まで犯すなんて、信じられません」

「まさか……いくら悪い人間だって、いたずらがバレて叱られたぐらいのことでは、殺したりはしませんよ。殺すには殺すだけの理由なり動機があったのです」

浅見の自信に満ちて、落ち着き払った態度が、朝子にはむしろ憎らしいものにさえ思えてきた。

「なんだか、浅見さんはその動機も知ってらっしゃるみたいですね」

「ええ、おおよそ想像はつきます。というより、誰が犯人で、どういう犯行だったかを推理すれば、自然に動機も分かってくるものです」

「え？　じゃあ、そんなことまで推理してしまったということですか？」

「ええ、誰がどんなふうに――ということはだいたい分かりますよ」

「どうして？　どうして分かるのですか？」

「それも、あなたが教えてくれたのですよ。さっき、僕は智秋牧場から華厳の滝までの距離を訊きましたね。そこからその答えを引き出したのです」

「え？　私が何か言いました？」

「ええ、華厳の滝までは約三十五キロだと」

「それがどうして？」

「いくら丈夫な脚でも、この季節の山道を三十五キロも歩くのは無理です。たとえマラソンランナーだとしても、途中で車と擦《す》れ違ったり、人に見られたりすれば、怪しまれないわけはありません。さて、そうだとすると、添田さんをジープで華厳の滝まで運んだあと、犯人はどうやって帰ってきたかが謎になりますよね」

「そうですよ。そうだわ、だから内部の人間ではあり得ないっていうことです」

「まだそんなことを言っている」

浅見は笑った。

「帰ってくる方法はあるのですよ。それはじつに簡単です。誰かの車に乗せてもらえばいいのです」

「そんな……そんなことすれば、それこそ怪しまれてしまうじゃありませんか」

「ははは、知らない人の車に乗るわけではありませんよ」

「というと？……あ、じゃあ、共犯者がいるっていうことですか？」

「正解です」

「じゃあ、三人の牧童のうちの二人が共謀して？……」

「そうじゃありません。浅見さん。共犯者は外部の人間ですよ」

「それが誰だかも、浅見さんは知ってらっしゃるのですか？」

「知っているわけじゃありません。会ったこともありませんしね。しかし、誰であるかは分かります」

「誰なのですか？」

「その答えは、あなたの叔父さんが教えてくれていますよ」

「え？　叔父が？　どうして？」

「叔父さんはこう言ったのです。『日光で面白いものを発見した』とね」

浅見は静かに微笑んだ。一つの推理を完結させた、満足の笑みであったにもかかわらず、それは朝子の目には、まるで悪魔の嘲笑《ちょうしょう》のように見えた。

「いまにして思うと、叔父さんが『日光で面白いものを……』と言った直後に殺されたという、そのことが、きわめて重要な意味を持っていたのですね」

浅見は、諄々《じゅんじゅん》と説いて聞かせるような語調になって、ゆっくりと話した。

「それに、叔父さんの車が山形県の日向川の近くにあったことも、やはり見逃してはならないことでした。犯人は明らかに、叔父さんが電話で『日光』と言ったことの重要さに警察が気付くだろうと予測し、捜査の目が、地元の日光に向けられるのを恐れたのです。それで、山形県の日向川という、まったく無関係の場所に注意を逸らすために、わざわざ車を運んで行ったのだと思いますよ。調べてみて驚いたのですが、日本中に『日光』という地名はここ以外にないのですね。川の名前も、愛知県に日光川というのがあるけれど、その付近は都市化が進んでいて、車を捨ててくるには、あまり適当な場所とはいえないらしい。それに、もしかすると、犯人には山形の日向川に土地鑑があったのかもしれませんね」

「でも、なぜなのですか？」と、朝子はようやく言葉を発した。

「なぜ、犯人は日光にこだわって、そんなトリックを使ったのですか？」

「これはあくまでも僕の想像で、じつにばかげたことなのですが、犯人は叔父さんの電話を立ち聞きして、『日光で発見した』という言葉を、日光で自分たちが目撃されたことに結びつけて、叔父さんが誰かに告げ口しようとしている——と早飲み込みしてしまったのではないかと思います。つまり、目撃されたり、それを告げ口されたりしては、はなはだ具合の悪い現場を——という意味です。次郎叔父さんの性格から言って、たとえ目撃していたとしても、告げ口などはしなかったとも思えるのですが、犯人にしてみれば、その危険に対して戦々恐々としていたのでしょう。だから、実際には『日光で発見した』と言った言葉が、『日光で目撃した』というように聞こえたのでしょうし、また、犯人はそういう神経過敏な性格と、思いついたら、あと先もなくすぐに実行に移す性格、それに残虐性を兼ね備えた人物といってもよさそうです」

「でも、犯人はいったい、何を目撃されたと思い込んだんですか？」

「そうそう、そのことなんですがね。じつを言うと、僕はこの前、このホテルであなたと食事をした際、ふと思いついたのですよ」

浅見はいたずらっ子のような目をした。

「あら？　何があったのかしら？」

「ほら、こうしていると、新婚さんか恋人同士に間違われはしまいか——という」

「ああ、そのこと……」

朝子はサッと頬を染めて、視線を浅見から逸らした。

「こんないいホテルだからいいようなものの、もっとその……なんていうか、変なところだったりしたら、目撃されると、具合が悪いでしょうからね」

「でも、そんなこと……個人の自由ですもの、見られたぐらいのことで、何も殺してしまわなければならないほどの問題ではないと思いますけど」

朝子は赤い顔で反論した。

「そうですね、それだけのことでしたらそうでしょうね。しかし、その時一緒にいた相手の女性が問題の人だったのかもしれないでしょう」

「相手の女性って……誰なのですか？」

「それは……そのことは言わないほうがいいでしょう。まだ想像の段階だし、警察の捜査に任せるべき問題です」

浅見は朝子の質問をはぐらかして、「さて」と話題を先に進めた。

「そういうわけで、犯人がせっかく、山形県まで車を置きに行ったりしたのに、警察は『ニッコウ』の意味をそれほど重要には考えないらしい。それには、次郎さんの死体が二年間も発見されなかったことが災いしているのかもしれませんがね。とにかく、警察は、考えようによっては『ダイイング・メッセージ』ともいうべき、次郎叔父さんの言葉と日向川との関連について、あまり熱心に取り組まなかった。もっとも、これは犯人にしてみれば、都合のいい誤算だったということでしょう。事実、捜査はいっこうに進展せず、事件はそのまま迷宮入りする可能性が強かったのですから」

浅見はポケットからしわくちゃになったセブンスターを出して、曲がったのを直してから火をつけた。煙草を吸うのはめずらしいことだが、これはこの男が照れ臭さを隠す際の癖である。

「ところが、そこへ浅見というケッタイな男がやってきました。そして、せっかく事件のほとぼりが冷めてきたというのに、犯人の間近をしつこく嗅《か》ぎ回って、事件をつつきはじめた。はじめは敬遠ぎみだったお嬢さんも、この男の素性を知ってからは、むしろ頼りにするような状態になってきた。犯人にとっては迷惑きわまりないやつです。これは早いうちに禍根《かこん》を断っておいたほうがいい——そう思って仕組んだのが、あの落馬事件だったというわけですよ」

朝子は、ふいに悲しそうな目になった。

「あ、煙が目にしみましたか？」

浅見は慌てて煙草を揉み消した。

「そうじゃないですけど、浅見さんのお話を聞いていると、とてもやり切れなくて……それに、私にはまだ、うちの牧場の中で、あの人たちのあいだで、そんな恐ろしいことが行なわれていたなんて、どうしても信じることができないのです。いっそ、もう何もかもが、どうなってもいいという気持ちになってしまいそうです」

「うーん……」

浅見は唸《うな》った。

「困りますねえ、あなたがそんな頼りないことを言っては。第一、そんな弱気なことを言われたら、これから、あなたよりもっと分からず屋であるところの、警察を動かさなければならない僕としては、ファイトを喪失しますよ」

浅見のジョークにも、朝子はまるで反応を見せず、悲しい目でぼんやりと、遠くを見つめているばかりだった。

6

浅見が冗談半分に言ったことは、しかし現実的な悩みでもあった。浅見の頭の中では推理が完結したといっても、朝子にさえ、何がどうなっているのか、素直には伝わらない。まして、朝子以上に頭の固い警察をどうやって説得するかが、これからの厄介な作業であった。日光署の藤沢刑事課長の顔を思い浮かべるだけで、浅見はこの話を持ち込む勇気が失われそうだった。

結局、浅見は兄の陽一郎に頼むことにした。考えてみれば、警察がやるべきことは、警察の大元締めに命令させるのがいちばんいいに決まっている。

さすがに陽一郎は理解が早かった。

「いいだろう、それじゃ、栃木県警本部長に連絡して、あそこの刑事部長の発案というかたちで、ただちに、日光署に実況検分を実施させることにする」

「なるほど、それなら不自然ではないかもしれませんね」

そうは言ったものの、日光署署長や例の藤沢刑事課長にしてみれば、まだ報告書も上がっていない段階で、どうして刑事部長がそんなことを考えついたのか、さっぱり見当がつかなかったにちがいない。

とはいえ、上からの命令とあれば作業を開始しないわけにはいかない。しかも、万事、遺漏《いろう》なく行なわれなければならない。

おまけに、どういうわけか、県警からも大挙して応援部隊がやって来た。かくて、たかが自殺事件の検分のためにしては、大袈裟《おおげさ》な——という疑問を感じるほどの大捜査になったのである。

添田が「自殺」した翌日、早朝から、数十人の捜査員が金精峠を越えて、智秋牧場へ向かった。

朝子はあらかじめ予告を受けてはいたものの、これほどの大人数が押し掛けるとは思っていなかった。

「添田兼雄さんが死亡した事件について、家宅捜索を行ないますので、ご了承ください」

総指揮を執《と》る藤沢刑事課長が、緊張した表情で、朝子に令状を示した。

智秋牧場の寮舎内外に、捜査員が蟻《あり》ン子のように散って、家宅捜索と鑑識作業に入った。とくに添田の部屋の窓の外では、地面を這いずり回り、無数の足型を採取している。

その辺りの地面は軟弱で、足跡はたくさんあったが、中に明らかに深く沈み込んでいる足跡が残されていた。そう、人間二人分の体重を連想させる程度の深さであった。

木製の窓枠には、まだ新しい擦り傷が残っていた。そして、「自殺」した添田の衣服の繊維の隙間から採取された塗料の粉が、窓枠に塗られたペンキのものであると断定した。

添田は歩いて寮舎を出たのではなく、窓枠から外に引きずり出されたものであることが、それで立証された。

こうして、刻々と「犯罪」が行なわれた事実を示す徴候が現われてきた。

朝子と三人の牧童は、捜査員たちの動きを傍観しているほかはなかった。朝子を除く三人は、リビングルームに集められ、刑事の監視下に置かれた。トイレに行くにも刑事が付き添った。

各人の部屋は朝子の立ち会いのもと、捜査員が克明に調べている。

「何なんだよ、これは？」

三人の牧童のうち二人は、しきりに不満を訴えた。

「馬の手入れをしなきゃならないっていうのにさ、どうすりゃいいんだ」

明け三歳の馬が二頭、トレーニングセンターへの引き渡し期日が迫っている。そのことが気掛かりだった。

ただし、牧童のうち一人だけは、警察の作業が始まり、その目的がはっきりしてくるにつれて、寡黙《かもく》になった。しだいにつのる恐怖と絶望感が、彼の精神を追い詰める。

午前十一時過ぎ、捜索はほぼ完了し、捜査当局はすでに一つの結論を得ている。それから三人の牧童が一人ずつ別室に呼ばれて、事情聴取を受けた。

正午少し前、リビングルームに藤沢刑事課長がやってきた。

「小西さんと沢木さんはもう仕事に戻られて結構です。馬の世話をしてください」

若い二人の牧童に告げた。

その瞬間、温かい空気がいっぺんで凍りついたような、異様な雰囲気が漂った。小西と沢木は、すぐには立ち去りかねて、先輩の宮下のほうを見た。宮下は虚《うつ》ろな目を暖炉に向けて、細かく貧乏ゆすりをしている。

「どうぞ、お二人さんは出てください」

刑事課長は丁寧な、しかし、そっけない口調で催促した。

二人の足音が遠ざかるのをゆっくり確かめてから、刑事課長は言った。

「添田さんの奥さんは、何もかも話してくれましたよ。いや、はじめのうちは、なかなか言い渋っていたのですがね、殺人の共同正犯《せいはん》になると説明したら、そんなのはいやだと言いましてね。ただあんた――宮下さんに頼まれて、車で華厳の滝まで迎えに行っただけだと言ってます」

「ふん……」

宮下は片頬《かたほお》を歪《ゆが》めて、無理に笑おうとしたが、結局、泣き顔のような表情しか作れなかった。

「あの女の言いそうなことだ。危ないことや責任は、いつもこっちに押しつけやがる」

それっきり、宮下は刑事課長の質問には答えなくなった。

藤沢課長は時計を見た。時刻は一時になろうとしていた。

「さて、それでは昼飯は日光で食うことにしましょうかなあ」

立ち上がり、左右に控えた二人の刑事に顎をしゃくって合図した。刑事は「手錠はどうしましょう?」と訊いた。課長は左右に首を振って、「そこまでは必要ないだろう」と言った。その代わり、刑事は両側から宮下の腕を抱え、立ち上がらせ、ドアへ向かった。

宮下は建物を出る時、立ち止まり、振り向いた。

「何か忘れ物かね?」

藤沢が訊いた。

「いや、お嬢さまに謝って行きたいと思ったものだから……」

しかし、宮下はすぐに諦めて、左右の刑事を引っ張るような速さでパトカーに歩いて行った。

その姿を、朝子は自室の窓から、カーテンにわずかな隙間を作って、見送っていた。

部屋の中では電話が鳴り響いている。警察の捜索が始まったと聞いて、菱沼のホテルにいる公三叔父から、ひっきりなしの連絡であった。

「まったく、みっともないったらないな。智秋家の恥じゃないか。いったいどういうことなんだ」

文句を言うが、かといって駆けつけることはしない。あくまでも自分たちは牧場のスキャンダルには無関係でありたいのだ。そのくせ、次郎も添田も死んで、牧場の経営権が転がり込みそうな状況になってきたことに対しては、内心、しめしめと北叟笑《ほくそえ》んでいるにちがいない。

（あんな叔父なんかに、この牧場を絶対に渡すものですか——）

朝子は電話のベルを聞きながら、ひたすらそう念じていた。いまはその依怙地《いこじ》さだけが、ともすれば崩壊しそうな朝子の精神を支える柱であった。

エピローグ

日光署の会議室には、例によって数社の取材陣がつめかけていた。その中にはむろん、早川の顔もあった。

「やあ、あんたも来たんですか」

人懐こく声をかけてよこした。

「智秋牧場の事件、解決したらしいですね」

浅見は早川の隣りに腰を下ろした。

「ああ、警察にしちゃ珍しくスピード解決ですねえ。どうせ刑事課長が自慢たらしい発表をするのだろうけれど、まあ、たまには、あのおっさんの笑顔を新聞に載せてやってもいいでしょう」

早川の予想どおり、藤沢刑事課長は笑い出したいのを我慢して、無理やり顔をしかめながら登場した。

「課長、早期解決、おめでとうございます」

早川が声を掛けたとたん、タガが外れたように、クシャッと顔が崩れた。すかさずカメラがフラッシュを焚《た》いた。

「あ、おたく、まずいよ、いまの写真は」

刑事課長は慌てて渋面に戻った。

「いいじゃないですか。なかなかハンサムに撮れてますよ、きっと」

「しかし、ものが殺人事件だからねえ。嬉しがっているように思われては具合が悪いのだよ」

「じゃあ、嬉しくないのですか？」

「そりゃ、あんた……困るねえ、警察官をからかっちゃいかんですよ」

刑事課長はいちだんと怖い顔を作った。

「では発表します。日光署および栃木県警は、群馬県利根村北山の智秋牧場場長・添田兼雄さん四十五歳が華厳の滝で死亡していた事件について、一昨日来の捜査の結果、本日未明、同牧場従業員・宮下昇治《しようじ》三十一歳――本籍は秋田県由利《ゆり》郡矢島《やしま》町荒山、現住所は同牧場内ですな――を殺人および死体遺棄の容疑で、また、添田文江四十歳――これは被害者の妻です――を同じく幇助《ほうじょ》共犯容疑で逮捕しました。宮下の自供によれば、十四日夜、宮下は智秋牧場寮舎内の添田の部屋で、添田さんに仕事上のことで注意を受けていた際、カッとなって、手近にあった大理石の置物で添田さんの頭を殴り、気を失った添田さんを添田さんのジープで華厳の滝まで運び、投棄《とうき》したというものであります。また、その際、添田文江は車で宮下を華厳の滝まで迎えに行き、智秋牧場に送り届けたもので、文江と宮下は四年前から情交関係にあり、殺害は三角関係のもつれから行なわれた計画的なものであった疑いもあり、現在、きびしく追及しておるところであります。なお、これは別件ではありますが、同容疑者は三年前の秋に発生した、智秋次郎氏の死亡事件にも関与している疑いがあり、目下、同事件との関連についても、並行して調べを行なっております。以上」

刑事課長は、発表内容を一語ずつ区切りながら読み上げた。時折り、課長が顔を上げると、パシャパシャとカメラのシャッターが切られる。

発表が終わると、各社の記者が付随的な質問を行なう。その先陣を切って、「K」通信社の早川がのんびりした口調で言った。

「智秋次郎氏の事件というと、例の山形県の海岸付近に車が乗り捨ててあったというアレですよねえ。その事件の捜査では、当然、宮下も調べの対象になっていいはずだと思うのですが、それはどうだったのですか？」

刑事課長はいやな話題を持ち出された——という顔をした。

「むろん、ご指摘のとおり、捜査対象に宮下も含まれておったことは事実であります。宮下の本籍地である、秋田県の矢島町というのは、車のあった遊佐町の海岸と、ちょうど鳥海山を挟んで反対側に位置しております。つまり同人には土地鑑があったと考えられるわけでありますので、警察といたしましても鋭意、取調べに当たったことはいうまでもありません。しかしながら、宮下には当時、明確なアリバイがあったために、シロと断定せざるを得なかったわけです」

「ということは、やはりその事件でも添田文江が共犯関係にあったと、そういうことですね？」

「そうですね……いや、まあ、目下、取調べ段階にある事件ですので、その件についてはお答えを差し控えたいと思いますが」

「しかし、宮下が智秋次郎氏の殺害を実行し、死体を華厳の滝に捨てたあと、添田文江が車を山形県に運んだ——という図式は、常識的にいってもあり得るわけでしょう？」

「まあその、想像としてはですね、そういうこともあり得るとは言えないこともないとは思いますが、なにぶん取調べ段階ですので、それ以上のことは申し上げられませんな」

警察が公式に発表しなくても、各社はおそらく、その程度の憶測記事は書くことになるだろう。早川もあえてそれ以上の追及はしなかった。

活発な質疑応答が行なわれている中で、ひとり浅見だけは、メモも取らず、腕組みをして、ぼんやり物思いに耽《ふけ》っていた。記者会見が終わり、警察関係者が退場、記者たちも思い思いに引き揚げる頃になっても、浅見はその姿勢を崩さなかった。

「帰りませんか」

早川が声をかけた。浅見ははじかれたように顔を上げ、軽く頭を下げた。

「はあ……もう少し、ここにいます」

「そう、じゃあ、失敬」

これから送稿すれば夕刊には間に合う。早川は珍しく、仕事をしている——というような颯爽《さっそう》とした感じだ。

部屋を出かけて、早川は「そうそう」と怪訝《けげん》そうな顔で戻ってきた。

「おたく、メモを取ってなかったけど、記事にはしないの？」

「ええ、なんとなく気乗りがしないのです」

「ふーん……どういうことかな？」

首をひねってから、ニヤリと笑った。

「原因は牧場のお嬢さんですかな？」

浅見が反論しようとしたときには、もう早川は背を向けて、ドタドタと走り去った。

さまざまな物音が潮騒《しおさい》が引くように消えてゆく中で、浅見は三十分以上、そこにじっとしていた。

開けっぱなしのドアから藤沢刑事課長が、通りすがりに顔を覗かせ、「なんだ、あんた、まだいるの？」と入ってきた。よほどのご機嫌らしい。

「どうかね、田舎の警察もけっこう、やるもんでしょうが。日光けっこうとか言っちゃってね」

駄洒落《だじゃれ》まじりに自慢して、浅見の前に座り込んだ。

「はあ、感心しました。わずか二日ですからねえ、お手柄です。脱帽です」

浅見が深ぶかと頭を下げると、さすがに気がさしたとみえ、課長は「いやいや」と照れ臭そうに言った。

「全部が全部、わが署の手柄というわけでもないのですよ。上のほうからね、何がしかの指示があって、それで強制捜査に踏み切ったというような……そうでなければ、いきなり、あの智秋牧場に対して家宅捜索なんかできませんからな。しかし……」

藤沢課長はしきりに首をひねった。

「それにしても、どうしてあそこに目をつけたのかがねえ……まるで、宮下が犯人であることを知っているみたいだったなあ」

「刑事部長さんは、透視の能力を持っているのじゃありませんか？」

「そう、まったくね、そうとしか思えないなあ……」

浅見は立ち上がった。

「どうも、お疲れさまでした」

お辞儀をして足早に会議室を出た。課長は「や、どうも」と座ったまま挨拶を返してから、茫然と浅見の後ろ姿を見送っていたが、やがて、薄気味悪そうに呟いた。

「あいつ、どうして？……おれは刑事部長のことなんか言わなかったのに……」


浅見は日光署を出て、金谷ホテルへ向かうメインストリートのゆるやかな坂道を歩いて行った。この辺《あた》りの家並みには古い商店が多い。羊羹《ようかん》屋や骨董品《こっとうひん》店、湯波の店などが、不揃いに並ぶ。近代的な車が走り去る国道沿いだけに、その古びた感じがなんともわびしげだ。

「浅見さーん」

どこかで呼ぶ声がするので、グルリと見回すと、反対側の歩道で東照宮の高橋権禰宜が、笑いながら大きく手を振っていた。

「あっ、その節はお世話さまでした」

浅見も大声で応じ、最敬礼で挨拶した。二人のあいだを、車が何台も往き来する。

「その後、どうです、天海さんのほうは？」

「はあ、難しいですねえ」

「そうでしょう。あのお方は謎に包まれた方ですからなあ」

「しかし、それだけに、いっそう興味津々《しんしん》ということはあります」

車道越しの二人の遣り取りを、若い観光客のグループが横目に見て、クスクス笑いながら通り過ぎて行った。

車が途絶《とだ》えたのをみすまして、浅見は「対岸」へ渡った。「やあやあ、どうも」とあらためて挨拶を交わす。羊羹屋のおばさんが、店先で、びっくりした顔をしている。そういう風景が、いかにも日光的だなあ――と、浅見は客観的な目で自分たちを眺めていた。

「あれっきりお見えにならないので、もう天海さんのことは諦《あきら》められたのかと思っておりましたが、そういうわけではなかったのですねえ」

高橋権禰宜は、その熱心さに感服したという顔になった。

「はあ、いや……」

浅見は言いかけた言葉を呑み込んだ。高橋権禰宜にとって、智秋牧場の事件など無縁のことにちがいない。

「何しろ取材費がかかっていますから、そう簡単に諦めるわけにはいかないのです。それに、編集者がしつこい男でして」

「なるほどねえ、なかなか大変なお仕事のようですなあ」

高橋はいかにも同情に堪えない――という目になって、言った。

「いかがですか、もしよろしければ、社務所のほうにお寄りになりませんか。ささやかながら私がまとめた資料などお見せしますが」

「ほんとですか、ぜひ拝見させてください」

浅見は意気込んで言った。本音を言えば、ほとんど諦めかけていた仕事である。しかし、もう一度、天海僧正にアタックしてみようという気持ちが湧いてきた。そうすることで「事件」から遠ざかろうと思った。

「それじゃ、参りましょうか」

高橋権禰宜は下駄の音を響かせて、さっそうと歩きだした。ゆくてには赤い神橋と鬱《うつ》蒼《そう》と茂る東照宮の森が見えている。

長い日光の歴史に比べれば、智秋牧場の悲劇も、かつて「人生不可解」と死んだ藤村操の事件と同じように、ひとつの時の刻みでしかないのだろう。

高橋権禰宜の下駄の音は、まるでその悠久のときを刻む音のように、浅見の心に響いた。

大谷の流れの奥を見上げれば、日光の山々がのしかかるように迫っている。その山の向こうにいる智秋朝子の白い貌《かお》が、浅見の脳裏をよぎって、一瞬の間に消えた。

自作解説

現在（二〇〇一年二月）までに僕が書いた長編小説の、おそらく九十五パーセント以上は「プロローグ」から始まる。デビュー作の『死者の木霊』がそうだったせいか、その後も何となくそうなった。べつに理論的な裏付けがあったわけでもなく、たぶんそのほうがかっこいいとでも考えたにちがいない。落語でいうところの「まくら」の意味もあるのかもしれない。確かに、プロローグがあったほうが「すわり」がいいという程度の効果はありそうだ。プロローグで思いきり意表をついて、読者の気持ちを摑《つか》むというような意図もある。プロローグから第一章への落差が大きいと、読者は「どういう仕掛けがあるのだろう」と期待するのではあるまいか。

本書『日光殺人事件』のプロローグで特筆すべきは、雑誌『旅と歴史』の登場である。もっとも、『日光殺人事件』は僕の長編では三十五番目の作品なので、これ以前にも『旅と歴史』が出ている可能性が皆無とは言えない。自分の作品であるにもかかわらず、まことに不勉強なことで申し訳ないが、もし間違いであることをご存じの方は、ご指摘いただきたい。

僕がなぜ『日光殺人事件』が嚆矢《こうし》であると考えたかというと、『旅と歴史』の編集者の名前が「春日一行」だからである。ご承知のとおり、現在流布（？）している他の作品では、『旅と歴史』の編集長は「藤田」になっている。「春日編集長」はたぶん『日光殺人事件』だけに登場して、その後は消えてしまったと記憶しているが、これも僕の記憶だからあてにはならない。

じつは『旅と歴史』という雑誌名は、実在する雑誌『歴史と旅』をパクったものだ。そこの編集者からエッセイの依頼をもらった。その時の編集者が「春日」氏だった。ファーストネームが「一行」氏だったかどうかは、はっきり覚えていないのだから、まったく失礼な話だ。いずれにしても、浅見光彦がヒョコヒョコと地方に出掛けて行く大義名分として、雑誌『旅と歴史』の存在は重要な意味を持つことになる。

ちなみに「藤田」という名前は、作家の藤田宜永《よしなが》氏が軽井沢の拙宅の近くに引っ越してくるという話があった時に思いついて借用した。「藤田編集長」が最初に登場したのは、『竹人形殺人事件』からではないかと記憶している。なぜそうかというと『竹人形殺人事件』が初めて福井県に取材した作品だからである。藤田宜永氏の郷里が福井市で、氏の父上が当時、福井県芦原《あわら》のゴルフ場の社長をしておられた。取材の際にいろいろお世話にもなった。それやこれやで「藤田編集長」が登場することになったと思う。初めてといえば、僕のもっとも付き合いの古い編集者の一人である角川書店の新名新氏（当時・中央公論社）との初めての取材旅行がこの時で、つまり「藤田編集長」誕生秘話（？）を知る生き証人というわけだ。

ついでに触れると、「藤田編集長」のキャラクター・イメージは、当時、光文社「カッパ・ノベルス」の編集長だった「佐藤隆三」氏のそれになぞらえたものだ。猪突《ちよとつ》猛進型の面白い人で、「藤田編集長」の強引で調子のいい性格は、まさに佐藤氏を彷彿《ほうふつ》させる。

『日光殺人事件』を書くきっかけは、典型的にして安直な「旅情ミステリー」創作法によるもので、要するに「まず地名ありき」であった。試みにこれ以前の十作品だけを見てもその内の、半分に地名がモロについているから、まさに「ご当地」ミステリーの感があった。

最近は「地名+殺人事件」タイプのタイトルをつけることは滅多にないが、その当時はそうすることに何の反省も抵抗もなかった。そもそも僕が作家になったきっかけが、単純に「面白いミステリーを書きたい」と思い立ったからであって、高邁《こうまい》な文学的精神はもちろん、改革的な野心などさっぱり持ち合わせていなかった。お喋《しゃべ》りなおばさんが、仕込んできた噂《うわさ》話を早く誰かに話したい――と思う気持ちと、基本的にはそんなに変わらない。著者自身がこういう露悪的なことを言うせいか、「地名＋殺人事件」のシリーズを批判する声が意外に多いらしい。前述したような意味での安直さを槍玉《やりだま》に挙げる、新聞の投書欄に「読んだことはないが」と前置きした批判記事が出たこともある。そういう批判があることを知って初めて愕然《がくぜん》として、題名だけで決めつけるそそっかしい人もいることを悟った。読まないで批判するのはどうかと思うのだが、考えてみると、外見だけで判断するのが人の世の常ではあったのだ。

しかしながら、題名は安直だが中身は決して安直でも軽薄でもないという自負は僕にもあった。それ以前に、創作に当たっては何も考えなかったと言ったほうが正しいかもしれない。書き上げた結果を見れば、そのことが分かってもらえるはずだ。この『日光殺人事件』にしても、単純に日光で殺人事件が起きた――というだけの話ではない。背景にあるものの重さや、登場人物それぞれの思いなどが錯綜《さくそう》して、物語を紡ぎ上げている。

本質はあくまでもエンターテーメントだから、まず面白いことが前提だが、単に手品まがいの謎解きが主題にはなっていない。それは僕のすべての作品に共通している遺伝子のようなもので、著者がことさらに意図しなくても、文章を綴《つづ》っていれば自然にそうなってゆく。『江田島殺人事件』や『伊香保殺人事件』などは、題名だけ見るぶんにはいかにも安直そうだが、読めばズシリと手応《てごた》えを感じていただけるはずだ。

いま「文章を綴っていれば自然にそうなってゆく」と書いたが、これは嘘《うそ》でも誇張でも衒《てら》いでもない、本当のことだ。最初にプロット（あらすじ）を用意しないで書く――と、いろいろな機会に述べているのだけれど、本気にしない人が多いのには閉口する。編集者でさえ、かなり親しくなって、何本か僕の作品の面倒を見て初めて、それが嘘でなかったことを認知してくれる。評論家が書く解説も「よく練られたプロット」と褒めるのがほとんどだが、じつはぜんぜん練っていないものだから、恐縮してしまう。

もっとも、こういう楽屋裏の話をバラすのは得策ではないとも言われた。書斎で眉根《まゆね》に皺《しわ》を寄せて構想を練っている作家のイメージを大切にしたほうが神秘的かもしれない。しかし、これから作家を目指そうという人々にとっては、僕のように自然体で書いても小説は書けるものだという気安さを知ってもらったほうがいいと思っている。とはいえ、僕の場合は他の方法を知らなかったという、不勉強の結果の産物だったことは事実だ。

さてこの『日光殺人事件』も、そんなわけで「初めに『日光』ありき」でスタートしたのだが、何の気なしに辞書を引いていて、もう一つの「日光」を発見したことから、思わぬ展開を見ることになった。

智秋朝子《ちあきあさこ》が叔父の残したノートに不気味な予言とも思える短歌を発見して、それが事件の謎を解く重大なキーワードであることが、やがて明らかになってゆく——というストーリーも、例によって「自然体」から生まれた。あらかじめ材料を揃《そろ》えておくのでなく、物語の流れの中で必要に応じて繙《ひもと》いた資料から、思いがけない発見があるものである。

この作品の中では、第六章の冒頭で、雪江未亡人が「思い込み」がいかに愚かしいことかを述べる部分がある。次男坊の浅見はそれに啓発されて、事件解決へのヒントを得るのだが、この「思い込みを戒める——」ということは、タイトルだけを見て内容を判断したり、創作の手法を「かくあらねばならない」と決めつけることの間違いにも敷衍《ふえん》できるものだと思う。

二〇〇一年二月

著者

作品中で使用した短歌の原作者は、左記の方々です。なお、作中では現代仮名遣いにさせていただきました。（著者）

雪はまた雪の悲しみを育てをり翳《かげ》りつつ白し今朝のかなしみ
小林　孝虎（北方短歌）

黙々と川は流れる　押し通る　時のはざまを　俺《おれ》の心を
出頭　寛一（心の花）

天をさす枝ことごとく黄落せし空間にしてひかりは宿る
春日井　建（短歌）

終日をひたすら短き草を食《は》む馬よ太古より同じ像《かたち》に
矢部　茂太（白圭）

衰へのみえたる芝のやさしくて手をつけば素足になれと芝が言ふ
小池　光（短歌人）

わが胸の恋つめたくもよみがへる夜道の氷踏めば音して
宗政　五十緒（あけぼの）

わが夢に入り来てわれを殺しゆく影くろぐろと春はつづけり
小中　英之（短歌人）

〈注・本文中では原作者の諒解のもとに「春」を「秋」と変えました〉

嫁ぎゆく子の明けくれや身にしみて杏《あんず》の花の野の花あかり
草野　源一郎（やまなみ）

解説

山前《やままえ》　譲《ゆずる》
（推理小説研究家）

天海僧正は明智光秀だ。証明せよ！　こんな難題を『旅と歴史』の編集長から突きつけられたのが浅見光彦である。そんな話、これまで聞いたことはなかったが、編集長は強引で、引き受けることになった。

まず資料にあたってみると、徳川家康の懐刀《ふところがたな》と言われたその人物はなかなかミステリアスで、三日も経《た》たないうちにすっかりとりこになってしまう浅見光彦である。そして編集長によれば、明智の末裔《まつえい》かもしれない一族が日光の辺りに住んでいるというのだ。競走馬の育成で有名な智秋牧場という大きな牧場があるのだが、「智秋」をひっくり返すと「秋智」。アキチ……アケチ……。

かくして浅見光彦は愛車ソアラで日光へと向かう。ところが到着早々に、人気観光地の華厳の滝で遭遇したのが「飛び込み自殺」だった。明治時代に旧制一高の学生が身を投げて以来、この風光明媚な滝は「自殺の名所」となっていたのである。その遺体の回収作業中、別の白骨死体が発見された。死後二年ばかり経っているという。雑誌の取材はどこへやら、名探偵の血が騒ぎはじめるのだった。

浅見光彦シリーズの最大の魅力はもちろん、名探偵として活躍する彼自身のキャラクターだ。長身で爽やかな容姿と心優しい性格、そして鋭い推理は、初登場以来まったく変わっていない。

その浅見光彦の事件簿で、旅情が最も重要なキーワードとなっているのは、あらためて言うまでもないだろう。四十七都道府県すべてにその足跡を残してきた数々の探偵行で、我々は日本の魅力にあらためて気付くのだった。

光文社文庫ではすでに、その旅情に着目した〈浅見光彦×日本列島縦断〉シリーズとして、『長崎殺人事件』、『神戸殺人事件』、『天城峠殺人事件』、『横浜殺人事件』、『津軽殺人事件』、『小樽殺人事件』の六作を刊行している。これらの長編でも日本各地の旅情にたっぷり浸ることができたはずだ。

さらに旅情と並んで、浅見光彦シリーズの重要なキーワードとなっているのが歴史である。ルポライターとしての仕事のホームグラウンドは『旅と歴史』なのだが、この誌名が彼の探偵行の特徴を端的に表わしているのだ。日本全体の歴史、舞台となった土地ごとの歴史、登場人物それぞれの歴史の三つを座標軸にして、立体的な広がりを見せていく物語が、浅見光彦シリーズをユニークなものとしてきた。

その歴史に注目した光文社文庫の浅見光彦シリーズの新しいセレクションが、一九八八年二月にカッパ・ノベルスとして刊行された、天海僧正の伝説にまつわるこの『日光殺人事件』を最初とする〈浅見光彦×歴史ロマン〉ＳＥＬＥＣＴＩＯＮだ。以下、三方《みかた》五湖《ごこ》のひとつで行われた神事の最中に死体が発見される『若狭殺人事件』、そして秋田県雄勝町で催された小野小町にまつわる祭りに死が訪れる『鬼首《おにこうべ》殺人事件』と続く。

ひと口に歴史と言っても、我々が関係するのはさまざまである。もっとも長い歴史は紛れもなく宇宙の歴史だ。その誕生であるビッグバンは約百三十八億年前のこととされている。地球は四十六億年前に形成されはじめ、現在の人類が登場したのは二十万年前くらいだという。

日本列島がほぼ現在の地形となったのは二万年ほど前だが、旧石器時代、縄文時代、弥生時代、古墳時代を経て、しだいに国家としてのまとまりをみせていく。ただ、浅見光彦シリーズの『箸墓幻想』でも取り上げられていた邪馬台国がどこにあったのか、いまだ確定されていないように、日本の歴史は謎を秘めているのである。

中国大陸から文字が移入されて、日本の歴史が文献として記録されていく。とはいえ、歴史書としては最初期のものになる『日本書紀』や『古事記』、あるいは『出雲国風土記』など各地の風土記の記述もまた、じつにミステリアスだ。

そしてしだいに信用するに足る文献は増えていく。十七世紀初頭からの江戸時代ともなれば、かなり確実な歴史が記されている……とはなかなか言えないようで、伝説的なエピソードが数多く伝えられている。

天海僧正もかなり謎めいた人物である。幕府を江戸に開いたのは天海の助言によるというが、一六一六年、危篤となった家康は天海らに神号や葬儀に関する遺言を託す。天海は家康の神号を「東照大権現」とし、いったん駿河の久能山に葬られた遺体を日光に改葬した。

その東照大権現を祀《まつ》っているのが、世界文化遺産にも登録されている日光東照宮だ。その後も天海は、徳川幕府の顧問的な立場として秀光や家光に仕え、一六四三年に亡くなった。その時百歳ぐらいだったというのは定説となっている。当時としては驚異的なこの長命も伝説的だろう。

天海は会津生まれで、随風と称して出家し、一五八八年、武蔵国の無量寿寺北院に来た時に天海と名乗ったとされている。とはいえ、出自を自らあまり語らなかったことから、今なお興味深いさまざまな伝説が生まれているのだ。『日光殺人事件』の発端となる天海＝明智光秀説についても、随風と天海は別人であり、光秀が途中ですり替わったという説があったりする。もちろん歴史的には、明智光秀は「本能寺の変」でその命を落としたはずなのだが。

伝説がミステリーとしての興味をじつにそそる天海だが、初登場作が『後鳥羽伝説殺人事件』と題されていたように、浅見光彦シリーズのもうひとつの重要なキーワードとして注目されるのが伝説である（伝説は内田作品全体に貫かれているテーマというのが正しいだろうが）。

『平家伝説殺人事件』、『赤い雲伝説殺人事件』、『佐渡伝説殺人事件』、『高千穂伝説殺人事件』、『佐用姫伝説殺人事件』、『隠岐伝説殺人事件』、『日蓮伝説殺人事件』など、伝説絡みの作品が書き継がれてきた。なかでもこの『日光殺人事件』と表裏一体をなすのが、一九八九年刊の『菊池伝説殺人事件』である。

『旅と歴史』の編集長が再び、「清少納言と西郷隆盛と菊池寛が親戚だっていうの、知ってた？」と、とんでもない説を言いだしているからだ。それを確かめようと浅見光彦は、珍しく新幹線で九州へと向かっている。ちなみにこのときの編集長は、本作の春日ではなく、お馴染みの藤田なのだが、どうやら『旅と歴史』の編集方針としてはこうした珍（？）説が好まれるようだ。

その意味で『日光殺人事件』は、『天海伝説殺人事件』と称したいところである。ただそう簡単にはいかない。天海伝説の根拠がなかなか思うように集まらないせいもあって、名探偵の興味は白骨死体に移ってしまうのだ。

その身元は、膨大な資産を有する智秋グループの一族のひとりと判明する。今、智秋家では、一族の中興の祖である智秋友康が病床に伏していた。友康亡き後、いったいどうなるのか。さまざまな思惑が渦巻く中での死体発見だったのである。浅見光彦は現実の殺人事件の謎解きにどんどんのめり込んでいく。

その理由のひとつには、魅力的なヒロインの存在があるのかもしれない。友康の長男である友忠の娘の朝子だが、数多い浅見光彦シリーズのヒロインのなかでも、最も凛々《りり》しく、かつ気品ある女性ではないだろうか。

その乗馬姿は絵のように美しく、〝黒の長靴《ちょうか》から伸びる、長くてしかもほどよく丸みをおびた脚。白のトレーナー、白のジョパーズ。赤いチョッキに黒い乗馬服、黒い帽子をつけた朝子が、ユキの名のとおりの白馬に跨《また》がって、牧場を疾駆《しっく》する姿は、本場イギリスの貴族令嬢を彷彿《ほうふつ》〟とさせるというのだから、正直な話、浅見光彦にはもったいない！

いや、ちょっと興奮しすぎであった。一年ばかり前にスピード違反の取り締まりに引っかかったことや、父・秀一が智秋家と縁があったとか、浅見光彦に関する興味深いデータがいくつかちりばめられているなか、一番注目したいのは乗馬シーンである。朝子に勧められて跨ったものの、その手綱さばきはおぼつかなく、疾駆する馬に悲鳴を上げてしまう。そして落馬……。やはりソアラとは別物だった。

もちろんそんな情けないシーンばかりではない。浅見光彦は「日光」に着目して、推理の道を思わぬ方向に延ばしていく。まさに探偵の慧眼《けいがん》が、事件の意外な動機をあぶり出していくのだが、その道の終点に待っていたのは、『日光殺人事件』というタイトルの真の意味である。「日光」にはまた別の歴史が秘められているのだ。天海伝説を発端にした浅見光彦の推理行は、観光客で賑わう日光の長い歴史のなかに、ひとつの悲劇を刻むことになる。

※参考文献
「金雀枝《えにしだ》」（桑名市・金雀枝短歌社）
※『日光殺人事件』は一九八八年二月にカッパ・ノベルス（光文社）として書下ろしで刊行され、一九九〇年十一月に光文社文庫に収録された作品です。
※自作解説は角川文庫版から再録し、解説は新装版の刊行にあたって新たに追加いたしました。
※また、今回の新装版の刊行にあたって、文字を大きく読みやすくするため、本文の版を改めました。
※この作品はフィクションであり、実在の団体、企業、人物、事件などとはいっさい関係ありません。（編集部）

光文社文庫

長編推理小説
日光殺人事件《にっこうさつじんじけん》　〈浅見光彦《あさみみつひこ》×歴史《れきし》ロマン〉SELECTION
著　者　内《うち》　田《だ》　康《やす》　夫《お》

2016年7月20日　初版1刷発行

発行者　鈴　木　広　和
印　刷　慶　昌　堂　印　刷
製　本　ナショナル製本

発行所　株式会社　光　文　社
〒112-8011　東京都文京区音羽1-16-6
電話 (03)5395-8149　編　集　部
8116　書籍販売部
8125　業　務　部

ISBN978-4-334-77322-9　Printed in Japan

組版　萩原印刷

お願い　光文社文庫をお読みになって、いかがでございましたか。「読後の感想」を編集部あてに、ぜひお送りください。

このほか光文社文庫では、どんな本をお読みになりましたか。これから、どういう本をご希望ですか。どの本も、誤植がないようつとめていますが、もしお気づきの点がございましたら、お教えください。ご職業、ご年齢などもお書きそえいただければ幸いです。当社の規定により本来の目的以外に使用せず、大切に扱わせていただきます。

光文社文庫編集部

光文社文庫　好評既刊

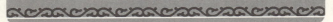